Unit 5
cola

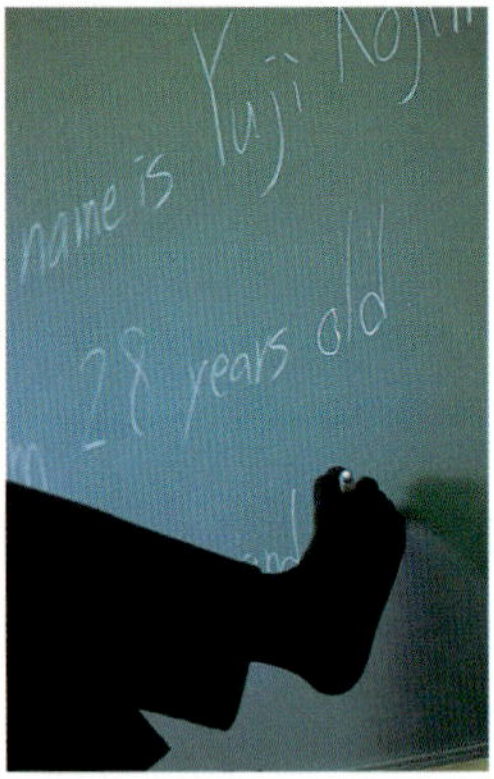
name is Yuji
28 years old

My name is Yuji

十七日(木)。
連絡事項

時 科
内 容
生活目標

You're welcome.
Is this your change

足でつかむ夢

手のない僕が教師になるまで

小島裕治

ブックマン社

はじめに

両手が突然使えなくなったら、あなたはどうしますか？
こんなことを考える人はいないと思います。
僕だってそうでした。想像できますか？　手が使えない生活を。

朝、起きてから、夜、眠りにつくまでの、一日の生活を振り返ってみてください。どんなことに手を使っていますか？
眠い目をこすり、鳴り響く目覚まし時計を止める。着替える。トイレに行く。ごはんを食べるのに箸《はし》を使ったり、お椀を持ったり。トーストの人は、パンを手に持って、バターやジャムをナイフで塗り、口に運ぶでしょう。顔を洗って、歯を磨いて、髪の毛をセットして、一人暮らしなら電化製品のスイッチを切って、玄関で靴紐を結んで、さあ出発！　その手には何を持っていますか？　学生や会社員ならカバン。雨が降りそうなら傘も持ちますね。

中学生の一日に置き換えて、考えていきましょう。

授業中は先生が言ったことや黒板の字をノートに書き取るために、手でペンを持たなければなりません。体育の授業では、バスケ、バレー、テニス、剣道、卓球、水泳、ソフトボール……手を使わずにできるものなど、ほとんどないです。家に帰って、ゲームをしたり、宿題をしたり。パソコンや携帯を使うときはどうですか？　電話をかけるとき、メールを打つとき、やっぱり手を使います。自転車に乗る、自動販売機でジュースを買う、コンビニで買い物をする、本屋で立ち読みをする、財布を出して切符を買う、旅行に行くときには、大きなスーツケースを持ち運ばなければいけません。

どうですか？　振り返ってみると、日常生活で手を使わないことはほとんどないのです。当たり前のことを言うなよ、と思われたかもしれません。でも僕には、皆さんが日常生活で当たり前に使っている、毎日ふつうに暮らしている、そして、今まさにこの本を持っているだろう『両手、両腕』がありません。しかし、毎日ふつうに暮らしています。一人でできることもたくさんあります。でも、一人じゃできなくて、家族、兄弟、友人に手伝ってもらうこともたくさんあります。まわりに家族や知人がいなくて、でも、一人じゃできないことが起きたときは、知らない人に助けを求めます。勇気を振り絞って、声を出します。

僕のまわりには僕の両腕の代わりとなってくれる「手」があります。大変なこともありますが、毎日楽しく生きています。

いいえ。
さまざまなつらい経験を経て、「楽しく生きられるように」なりました。

僕は今、二八歳。
職業は、中学校教師。

足でつかむ夢

目次

＊本書はノンフィクションです。ただし、本書に登場する人物のお名前は、一部その本人と特定できないように変更しています。ご了承ください。

天国に行った僕の両手

「ゆーじ！　キン肉マンの手足を切ったら、あんたの両手と両足がなくなるよ！」

当時四歳だった僕は、テレビでやっていたアニメ、『キン肉マン』が大好きで、たくさんのキン消し（キン肉マンの登場人物をかたどった消しゴム）を持っていた。キン肉マン、ロビンマスク、テリーマン、ラーメンマン……クッキーの入っていた大きな丸い空き缶に、そのヒーローたちを大事に保管していた。手のひらに載るほどの小さなヒーローたちは、どれも大事な宝物だったはずなのに、僕は時折、キン消し遊びに夢中になりすぎると、ハサミを使ってそのキン消しの手足を切っていた。経験者にはわかるだろうけど、ゴムの柔らかな人形をハサミで〝スパッ〟と切るときの、あの感触。たまらない！　子どもながらに、変な趣味を持ってしまった僕。そんな姿を見て、母親によく言われたのが冒頭の言葉だ。

まだ四歳だったというのに、この母親の言葉が、今でも僕の耳に残っている。

そして、その言葉通りのことが起きてしまった。

一九八四年九月六日。

厳しい暑さの残るこの日、近所に住んでいるさゆりちゃんが家に遊びにきた。

「ゆーちゃんゆーちゃん、私の家の犬がね、子ども産んだの。見に来る?」

母親にねだって、さゆりちゃんの家に遊びに行く許可をもらった。子どもだけでの外出。当時まだ四歳だった僕には、親の目の届かないところで自由に遊ぶ開放感が、とても清々《すがすが》しかった。小さな子どもだけで外出することに、母が抵抗を感じなかったわけはないだろう。しかし、さゆりちゃんの家は目と鼻の先。子どもの足で歩いても、一分もかからない。道路を横断する必要もない。そんなことから、「大丈夫」と判断したのだと思う。

だけどそのとき、僕はさゆりちゃんを逆にこう誘った。

「ちょっと阿弥陀院《あみだいん》に行こうよ!」

阿弥陀院とは、家のすぐ近くにあるお寺のことだ。境内《けいだい》には池があって、そこにはザリガニがいる。僕はお兄ちゃんやお父さんと、何度もその池で、ザリガニ釣りをして遊んでいた。真っ赤なハサミを怪獣のように動かしながら、アイツが糸に釣られて上がってくる瞬間は最高に楽しい。四歳の僕は、突然、無性《むしょう》にその池にさゆりちゃんを連れて行きたくなった。

「いいよ。阿弥陀院に行ってからうちに行こうか」

阿弥陀院に行くには、家の前の信号のない横断歩道を渡らなければならなかった。母には内緒だった。いつも教わっているように、二人で右手を挙げて、車が止まるのをしっかりと確認して、右左をもう一度確認して横断した。母の言いつけを、しっかりと守っていた。その、「行き」の横断だけは。

「なあんだ。ザリガニなんて、ちっともいないじゃん」

さゆりちゃんをがっかりさせた。僕もがっくりときた。せっかく阿弥陀院に来たのに、ザリガニを見つけることができなかった。

「ゆーちゃん、私の家に行こう！」

「うん」

二人は手をつないでいたらしい。カンカンに照る太陽のせいで、汗が止まらなかった。

「ああ……口が渇《かわ》いたよう……早く何か飲みたいよぉ」と僕。

そしてまた、あの横断歩道に来た。手を挙げて待っていた。でも、車は、僕たちが小さすぎて見えないのか、まったく止まってはくれなかった。早く渡りたい！　口が渇いた！

——気持ちが焦りだしたとき、横断歩道の真向かいの小さな道路から、近所のおじさんが白い軽トラックに乗って出てきた。そして僕の顔を見ると、運転席からニコッと笑ってくれた。早く横断歩道を渡りたい、という気持ちがおじさんに伝わったのか、一緒に右左を確認してくれた。僕とさゆりちゃんも同じように右左を確認した。そして、ふっとおじさん

のほうを見上げると、

「こっち来い！　こっち来い！」

と、手まねきをしていた。

「よし、渡れる！」


直前の記憶は鮮明なのに、そこから先は、完全に消去されてしまっている。

あの日、僕は本当に白いトラックのおじさんを見かけたのだろうか。それとも違う日の出来事だったのか。

あの手まねきは、「まだ渡っちゃダメだ」という合図だったのか。

記憶はあいまいで、どこまでが夢で、どこからが現実なのかも、よくわからない。

さゆりちゃんは？

さゆりちゃんは無傷だったらしい。後で聞いた話によると、渡る瞬間、さゆりちゃんはダンプカーが来たことに気づき、横断歩道を渡らなかった。僕だけがそのことに気づかず、急いで渡ってしまった。つないでいた手は、いつ離したのだろうか。

そして、おぼろげながら覚えているのは、身体の感覚とまわりの雑音だ。あのときの、「変な感じ」は、今でも時々思い出す。身体が覚えているのだ。

次の記憶では、僕は仰向《あおむ》けになって寝ていた。ザワザワザワザワとした周囲の雑音が耳に届いた。すごく騒がしかった。目は閉じていたから、どれだけの人がまわりにいるのか、どんな人がいるのか、まったくわからなかった。今思えば、そこは手術室だったのだろう。目の前にはライトが照らされていて、そう、まるで目を閉じて太陽を見たときのように、血のような赤い残像だけが瞼《まぶた》の裏にはあった。

思い出したくもない、あのときの感覚。だけどこの身体が、覚えている。身体はものすごく、とんでもなく熱く、熱くて燃えているようだった。僕は叫び続けていた。

「あつい、あつい、あつい……いたい、いたい、いたい、いたい……」

そして、また記憶が飛んだ。

次に覚えているのは、目を覚ましたときのこと。目の前には両親が立っていた。仰向けの僕のことを、じっと覗《のぞ》き込んでいた。母も父も、目を真っ赤にしている。何が起こったのかはわからないけれど、そこは僕の家ではなくて、見知らぬベッドの上だというのはわかった。

僕はダンプカーに衝突し、何メートルも飛ばされ、そして、轢《ひ》かれたそうだ。肋骨《ろっこつ》は骨折し、その骨折した部分の骨が心臓に刺さって、大量出血になる危険性もあった。死んでもおかしくない、重体。

家の目と鼻の先で息子が交通事故に遭《あ》ったと聞いて、母は、とても驚いたらしい。父はそのとき会社で連絡を受け病院に駆けつけた。もちろん、その話も後から聞いたことで、目を覚ましたときは、ただただ両手が熱かった。ジンジンジンジン、ものすごい熱さ。何が起きているのか、理解するどころではない。

「あついよ、あついよ」

叫び疲れても、まだ熱くて痛い。でも、母も父も、僕の両手を冷やしてはくれない。両手、両腕は包帯でグルグル巻きにされていて、自分の手がどうなっているのか、直《じか》に見ることもできない。

それから数日後。

熱さや痛みは消えていた。痛くないということは治ったのだ、子ども心にそう思った。そして、「両手の包帯を交換しましょう」とお医者さんが病室にやって来た。きっともうすぐ全部が良くなって、全部が治って、家に帰れるんだと思った。早く家で遊びたかった。

「じゃあ、取りますよ」

お医者さんがゆっくりと、僕の両腕に何重にも巻きつけられた包帯をクルクルと取っていく。母と父がそれを見守っている。白い包帯がほどけるごとに、次第に軽くなっていく、僕の両手――――。

「あーーーーーーーーーーーーーーーーーーーーーっ」

自分の両手を見たとたん、叫ばずにはいられなかった。両手？　これが僕の両手？

なくなっていた。

あんなに熱くて熱くて、痛くて痛くてしかたなかったはずの僕の両手は、腕からすっぱりとなくなっていた。右は肩だけ、左は肩から一五センチほどが、残っていた。アニメで観た怪物、フランケンシュタインのように、針金で縫いつけられており、赤く腫《は》れ上がり、気持ちの悪い姿になっていた。

「キン肉マンの手足を切ったら、あんたの両手と両足がなくなるよ！」

四歳五ヵ月。僕は両手、両腕をなくした。

ごみ入れ

母の優しい手、父の大きな手

幼き日の写真が残っている。

両手の人差し指でアッカンベーをしている僕。スプーンを持って無心にかき氷を食べている僕。カメラに向かってピースサインをしている僕。母親の首に腕を巻きつけている僕……何度も何度もアルバムを開いてみるけれど、四歳五ヵ月よりも前の写真は、どの写真も、もう自分とは思えない。

自分がその両腕をどう使っていたのか、その指で何をつかんでいたのか、まったく覚えていない。

自由に使えていた手が、突然なくなってしまった。

そのときの気持ちを、僕は思い出せない。四歳という年齢は、何もわかっていないようで、結構いろいろわかっているような、そんな年齢だと思う。

そして、事故直後の写真。ピースサインをしている僕は、もうどこにも写っていない。だけど、カメラを向けられて照れくさそうに舌を出して笑っている僕がいる。両手をなくす前の僕と、その後の僕の笑顔は、笑顔だけを見比べている分には、なんら変わらない。笑い声のある、明るい家庭――四歳の僕が笑っているのは、家の中に、ちょっとした楽しいことや嬉しいこと、笑えることが日々あったからだ。突然、わが子の手がなくなってしまって、父も母も、毎日泣きたい気持ちでいっぱいだっただろう。事故の直後は、もしかすると僕を見るたびに、つらくなっていたかもしれない。僕の寝顔を見ながら、眠れないこともあったかもしれない。

この子はどうやって生きていくの？

将来を悲観《ひかん》した夜も何度もあったことだろう。でも、少なくとも僕の前では、両親は悲しい顔は見せなかった。不安な顔も、寂《さび》しい顔も。以前と変わらずわが家は明るくて、僕たち兄弟の笑い声にあふれていた。それは、大人になった今にして思えば、ものすごい「親の強さ」だ。

そして両手、両腕をなくしても、日常生活に不便は感じなかった。両親がいつもそばにいて手伝ってくれていたから。着替えや食事、トイレで用を足す。どんなときでも僕にぴったりと寄り添って、僕の両手となってくれていた。この頃、より近くにいてくれたのは同性である父親のほうだった。家以外でトイレに行くときなどは、母と一緒に入れないこともあったからだ。

入院中だったろうか、ふと、父の両手の大きさに気づいたことがあった。

指が太くて、掌《てのひら》が大きくて、手の甲は毛むくじゃらで、分厚い。その手を見ていると、なぜかとても安心した。そんな父の手のことで、後にこんな話を聞いた。


入院中の病院での出来事だ。

ある日の夕暮れ、父と僕は病院の屋上に、夕日を見るためにのぼった。雲一つない夕焼け空だったそうだ。父は、名古屋にある鉄道会社に勤めていて、バスの外装などの、塗装の仕事をしている。一緒に町に出かけると、「ゆうじ、あのバスはお父さんが色を塗ったんだ」と教えてくれることもあった。

お父さんが色を塗ったバスが、こんなにたくさんの人を乗せて町の中を走っている！　そう思うと、ちょっと誇らしい気分になった。そんな器用な父だから、いとも簡単に家電製品や、壊れたドアや棚《たな》などを修理していた。たいていのことは父の手にかかれば、すぐに元に戻る。男として、なんてカッコいいんだろう！　なんてすごい手なんだろう！　僕も大人になったら、父のようになんでも作れる手になろう！　そう思っていた。


夕焼けに染まった病院の屋上で、そんな父の手を見て、僕はこう言ったらしい。

「僕もお父さんと同じ、大きな手が欲しいな」

それを聞いた父は、何も言わず、その、大きな両手で、しっかりと僕を抱きしめて、泣き続けた。

両手をなくして、一番不便になったのは僕自身である。だけど、将来のことを考え、心配し、つらい思いをしたのは、僕ではなく、両親だった。その当時は感じられなかった気持ちを、今、とても大きく感じる。

僕は一人で生きて来られたわけではない。

父の大きな手、母の優しい手に育てられて、大きくなることができた。


両手のない生活を始めて、もう二十年以上にもなる。事故直後のまだ幼児期の頃は、家の中でぬくぬくとしていればそれでよかった。

しかしその後、自分の世界が広がっていくのと比例するように、つらいこと、いやなことは数え切れないほど増えていった。惨《みじ》めで、劣等感《れっとうかん》の塊になって、もう死にたい、生きていたっていいことなんて何もないと思ったことも、数え切れない。

でもそのたびに、父の手と母の手を思い出す。なくなってしまった僕の手を補《おぎな》ってあまりある、その四つの手。四本の腕。その手と腕を思い出すと、「死にたい」、という気持ちが次第に消えていった。

だから、今まで生きて来られたんだ。

足が手になっていく

ハンバーガーの中に入っている、薄っぺらのピクルスを食べると思い出すことがある。

事故からおよそ四十日で、僕は愛知県西尾市の市民病院を退院した。

両手を失ってから、服を着るのはもちろんのこと、食事やトイレなど生活のすべてを両親に手伝ってもらっていた。僕が一言何かを発すれば、父か母がすっ飛んできた。まさに「赤ちゃんがえり」とでもいった状態である。だけど、いつまでもこんな状態でいられるわけはないし、どんなときでも両親が僕のそばにいることはできないのだ。父親には会社があるし、母親には兄弟の世話と家事がある。そのことは、幼い僕にもおぼろげながら理解できた。

そこで、両腕がなくても将来自立して生きていけるように、退院した数日後からすぐにリハビリセンターに通うことになった。最初は母と一緒に、二週間の泊まりがけのリハビリを行い、その後は父とともに、一ヵ月に一回のペースで通うことになった。

家から車で二時間ほどの、愛知県の春日井市というところにあるコロニーが、僕が通うことになった施設である。そこは自治体の医療施設の一種で、障がいを抱えた子どもが自立した生活ができるように援助することを目的としている。手術を受けもってくれた担当医師が、この施設に通うよう勧《すす》めてくれた。だけど、僕はそこがえらく気に入らなかった。月に一回、そのコロニーに行く日はどんよりとした気分になった。好奇心旺盛《おうせい》、出かけるのが大好きだった僕が初めて、憂鬱《ゆううつ》という感情を覚えたのも、あの場所だった。施設にいる先生は、毎回毎回、僕の両腕を無表情のまま見つめ、冷たい指で触った。

「ゆーじ君、ここ痛い？」

ここ、と言われた部分を、僕はいやでも見なければならなかった。ふだんは、絶対に見ないようにしている、忘れたふりをしている、フランケンシュタインの両手を。

「うん。ズキズキする」

赤く腫れ上がった腕の付け根。それが自分のものなのだとまざまざと見せつけられて、気持ちが悪くなる。一分でも早く帰りたかった。ときには変な器具をつけられるし、レントゲンや注射といった検査も受けなくてはならなかった。どれ一つとっても、その建物の中で行われることは、いやなことばかりであった。

そんな僕の気持ちを知っていたのだろう、父は、コロニーに行く日は必ず、「ハンバーガー食べよう」と誘った。お気に入りのハンバーガーショップに立ち寄り、ハンバーガーとポテトとジュースのセットを買ってくれた。ふだん、母はファストフードのたぐいは食べさせてくれなかったから、それは父と僕の、ちょっと秘密めいた時間でもあった。そのハンバーガーにはいつもピクルスが入っていて、僕はあの口の中全体に広がるすっぱい味が嫌いで、パンからはぎ取ってから、食べさせてもらっていた。そして、あっという間にハンバーガーもポテトもきれいに片づいて、トレイの上の食べ物がピクルスだけになったら、その憂鬱なコロニーに行く時間。

コロニーで、両腕の義手《ぎしゅ》を作ったこともあった。

真っ白な部屋に、数人の男の人が入ってきて僕の腕の付け根を抱えると、ぬるっとしたドロドロの液体の中に腕を突っ込んだ。そのままの体勢で何十分も我慢するように言われた。その間は何もできず、ただじーっと液体が固まるのを待たなければいけなかった。まるで、人造人間の実験台として扱われているようで、怖くて何度も悲鳴を上げそうになった。

そうしてできあがったゴム製の義手だったが、幼い僕は結局使わなかった。今では技術も進んで、電気で手先が動いたり、細かい動作も可能な義手が多くあるが、当時のそれは、重くて窮屈《きゅうくつ》な飾り物でしかなく、かえって不便だったのだ。「手」があるようにまわりから見えたって、何もできないんなら「手」なんていらないよ。幼心に、強がりでもなんでもなく、そう思っていた。

それなら、どうする?

この先、僕は一生、毎回誰かにごはんを食べさせてもらうのか？　学校に行っても？　社会人になっても？　大人になってからも、ひとりでハンバーガーショップにも行けないということ？――ありえない。

その思いは、両親のほうが強かった。両親は何度も話し合って、僕の足が、手と同じように使える訓練をさせようという結論になったらしい。

ある日のこと。父は、意を決したように僕の顔の前に一本のスプーンを出した。

「このスプーンを右足の指で挟んで、持ってみてごらん」

持ってみてごらん……もちろん僕は頷《うなず》いた。それがきっと、最後の手段だということをどこかで悟《さと》っていた。足で、足としての役割に加え、手の役割もこなせるようになること。

その日から、僕の右足はスプーンを持った。

利《き》き足が右足だったので、右足の親指と人差し指を縦にずらし、スプーンの柄《え》を挟むようにして持つ。もしも今、あなたのそばにスプーンがあったら試してみて欲しい。そのスプーンで食べ物をすくい、口まで運んでみて欲しい。

うまくできましたか？　できないでしょう？　もしくは、できた！　なんて思った次の瞬間に足がつったかもしれない。足を手のように使うなんて、簡単にできるものじゃない。

スプーンを指で挟むまではできても、それを自分の思うように動かして、ごはんなどをすくって、口まで運ぶ。考えるだけでも気の遠くなるようなことが待っていた。楽しいわけがない。覚悟をして挑《いど》んだとはいえ、何度も何度もいやになって、泣いた。足の指たちが慣れない動きに震えだす。おい裕治。俺の役目はこんなんじゃない、無理なことさせるな！　と僕に向かって怒っているようだった。

「もうイヤだよ。前みたいに食べさせてよ！」

何度も親に泣きついた。だけど父も母も、事故直後の、僕が声を上げればすっ飛んで来た頃とは、別人になってしまった。

「練習をしないのなら、自分でできないのなら、ごはんは食べなくていいよ」

そう言われたらしかたない。やるしかない。僕はごはんを食べたいのだ。人間、食べなくちゃ生きていけないのだから！

朝、昼、夜。ごはんも目玉焼きも味噌汁もサラダも、スプーンを持って、すくって、口に運ぶ練習。何度もこぼしたり、何度も足がつったり、痛みが走った。

しかし、練習っていうのはすごい。

泣き言を言いながらも、次第に自分一人でごはんが食べられるようになっていった。スプーンを顔のどこにもぶつけることなく（最初のうちは自分の目や鼻にも食べさせていた）、スムーズに口元へと食べ物を運ぶ。

「やった！　ゆうちゃん、自分で食べられるじゃん！」

きれいにスプーンを運べたとき、両親は満面の笑みで喜んでくれた。

思えばあれが、「一人でできた」記念すべき第一歩。


今、あなたが読んでくれているこの文章も、両足の親指を使ってパソコンで打っている。その隣にはコーヒーカップがあって、執筆《しっぴつ》の合間に足を使って飲んでいる。そして、あのときの練習のことを振り返る。あのとき、両親が厳しくしてくれなかったら、今、こうしているいろなことに挑戦している自分はいない。父と母とは、今でもしょっちゅう口ゲンカをしてしまうのだが、本当は、感謝の心を忘れた日はない。

初めての差別

僕には三人の兄弟がいる。三歳年上の兄、二歳年下の妹、そして三歳下の弟。僕が事故に遭《あ》ったとき、弟はまだ生まれて半年。兄は小学校一年生だったので、ある程度は状況を理解できていたと思うが、事故前と変わらずよく遊び、そして、よくケンカをした。

「ゆーじ！　俺のおもちゃ返せよ！」

「やだよ。僕が先に遊んでいたんだもん」

「うるせえ。返せ！」

兄貴の手が飛んで来た。僕は両手が使えないから、足で蹴《け》り返した。兄がヒュッとよけて、僕は勢いあまってすっ転ぶ。支える手がないから、全身で床に倒れてしまった。そう、負けるのはいつだって僕。だけど不思議と、兄貴とのケンカのときに、それを不公平と思ったことはなかった。

両腕を失った翌年から、僕は幼稚園に通うことになっていた。

父と一緒に幼稚園の入園手続きに行ったことを覚えている。父は僕の袖《そで》の先をつかんで、引っ張るようにして幼稚園へと向かった。いつも温厚な父が、その日だけはなぜだか厳しい目をしていた。しかし僕は、父の心の内など知るわけもなく、幼稚園での生活を想像し、興奮していた。そして、園長先生に挨拶《あいさつ》をした。次第に大人同士の会話となって、内容は理解できなかったが、楽しい話でないのは父の声のトーンや表情から読み取れた。父の声は小さく弱々しくなり、そのうち俯《うつむ》いてしまった。帰り道には、声もかけられないほど落ち込んでいた。

父が落ち込んだ理由、それは、入園を断られたからだった。

なぜか？　そのときの僕には、断られた理由が理解できなかったし、父も説明してくれなかったが、とにかく「お兄ちゃんと同じ幼稚園に行きたい」という、僕の小さな願いは叶えられなかった。

しかし、それから数日後、父が満面の笑みを浮かべてこう言った。

「明日からおまえは保育園に行けるぞ！」

ニコニコ顔の父に誘われ、心の底から嬉しくなってはしゃいだことを思い出す。手がないことでの「差別」。あからさまにそれを受けたのは、この入園を断られたときが初めてだった。もし手があったら、もっと傷つかずに生きられたのに……そのときから、今まで何度も何度もあふれてくるこの気持ち。でも、どんなに考えても両手は戻ってこないのだ。

素晴らしき先生とクラスメイト

あなたの思い出に残っている先生は誰ですか?

僕にとって、一番印象に残っている先生は、小学校一年生のときの澤《さわ》先生だ。男の先生で、当時四十歳過ぎだったが、笑顔がさわやかで、父親のような親しみを感じる先生だった。とてもお世話になった先生で、中学三年生まで毎年、年賀状のやりとりをしていた。その後、僕が引っ越したのを機に音信不通となったが、数年前に母校に講演に行ったときにばったり再会、また連絡を取り合っている。

澤先生には文字通り「手助け」をしてもらった。

学校生活で、僕がもっとも人の手を借りなければならないのは着替えのときだ。特に水泳の時間の着替えだけは、先生に全面的に手伝ってもらっていた。

ある日のこと。着替えの時間になっても、先生がなかなか現れなかった。クラスメイトたちは、われ先にと水泳帽と海パンになってはしゃいでいるのに、僕だけが取り残された。こういうとき、心はジワジワと焦る。どんどんふさぎ込む自分がいた。

小学校に入り、やんちゃな幼少時代はどこへやら、だんだんとおとなしい性格へと変わった僕は、自分から、「手伝って」とは言い出せずにいた。そんなとき、クラスの男の子たち数人が明るく声をかけてきた。

「着替え、手伝ってあげるよ」

僕が返事をする間もなく、数人がシャツに手をかけ、ぱぱっと着替えさせられた。先生がやって来たときには、もうすっかり着替え終わっていた。

「ごめんごめん、ゆーじ。あれ？　誰が着替えさせてくれたの？」

「俺たちがやったよ」

と、手伝ってくれたクラスメイトが得意げに先生を見ていた。驚いたのは先生だ。口をぱっくり、あぜん。そして、すごく嬉しそうに笑った。


話が前後してしまったが、僕が住んでいる地域の子たちが無条件に入学することになっている地元の公立小学校は、当初、幼稚園と同様に、僕の入学を許可してくれなかったそうだ。その理由はたった一言。「前例がないから」。

「養護《ようご》学校に入学されてはいかがですか」

当然のようにそう言われ、僕を受け入れるかどうかの話し合いさえなかったらしい。しかし、父はあきらめなかった。隣町に、僕と同じように両手がない女の子がいて、特別な机と椅子《いす》を使って普通小学校に通っているという事実を調べてきた。父には、「裕治には養護学校ではなく、公立の普通学校へ通わせたい」という強い気持ちがあった。幼稚園のときもそうだが、そうたやすくは望みを捨てないのが父の性格である（僕もかなりの部分を譲《ゆず》り受けているかもしれない）。

父は、その子が通っている学校へと出かけ、机や椅子の写真を撮ってきた。そして、その写真を地元の教育委員会や、校長先生に持って行き、直談判《じかだんぱん》をしたのだった。

僕も父も、養護学校を否定しているわけではない。養護学校では、それぞれの児童や生徒に合わせて、マンツーマンで指導をしてくれることもたくさんあるという。一クラスを複数の担任が受け持つし、障がいに対するコンプレックスも生まれない環境が整っているだろう。本人にとっても、家族にとっても、イバラの道が待ち受けているのは、おそらく普通学校に通う選択のほうだと僕は思う。

だけど父は、頑《かたく》なに決めていたようだ。僕にはイバラの道を歩かせることを。

そんな粘り強い行動の結果、教育委員会からの回答が出た。

「普通学校への入学を認めます」

父の努力が、通じた。特殊《とくしゅ》学級ではなく、普通学級で皆と一緒に勉強することも約束された。その連絡が来たとき、僕よりも父のほうが喜んでいた。よかったよかった、お父さんにつられて、僕も心の中で何度もバンザイをする。お父さんの頑張りを無駄にしてはいけないとお腹に力が入った。

だが、喜んでばかりはいられない。両親のいない普通学校での生活。保育園よりもそこにいる時間はうんと長い。高学年にもなれば、朝から夕方まで授業がある。一日のスケジュールを想像するだけで、できないことがたくさんあるように思えて、不安は尽《つ》きなかった。

だけど、入学の春が過ぎ、夏が訪れる頃には、そばにはいつも、優しくて親切で、気遣《きづか》いのできるクラスメイトがいた。最初はただ遠目で見ていただけの子も、いつしか打《う》ち解《と》けて、自然に手助けをしてくれた。不安は少しずつ和《やわ》らいだ。

そして、その先にはいつも、どうすることが僕にとって一番良い指導なのかを常に考え、助けてくれた澤先生がいたのだ。

「ありがとう」という言葉

あなたは今日、何人の人に「ありがとう」と言いましたか？

僕は今、中学校で英語の教師として働いています。一日を振り返ってみると、ずいぶんたくさん「ありがとう」と言っています。

朝、学校に着いて、事務の方に出勤簿に印鑑を押してもらって「ありがとう」。

授業で使うプリントを印刷してもらって、「ありがとう」。

授業中、生徒たちに黒板に答えを書いてもらったり、黒板の字を消してもらったりして、「ありがとう」。

午前の授業を終えて、職員室に戻って給食を食べる。食べ終わって食器を片づけてもらったときも言う。大好きなプールへ行って券を買ってもらうとき。着替えを手伝ってもらうとき。帰りにコンビニに行って物を買うとき。お金を支払うとき。人に何かを頼んで、やってもらったときはいつも言う。それが、「ありがとう」という言葉。

手がある人の何倍も、この「ありがとう」という言葉を言い続けて、生きてきた。断言してもいい、この本を読んでくれているあなたよりも、絶対に僕のほうが勝っているのが、今まで「ありがとう」と言った回数だ。

「ありがとう」

この言葉なしでは、僕はきっと一日も過ごせない。


でも、ある先生に言われるまで、僕は「ありがとう」が言えなかった。そんな、人生でもっとも大切な言葉を教えてくれたのは、小学校のとき、音楽を担当していた山本先生だ。とっても優しくて、元気のいいおばちゃん先生。僕が困っていると、すぐに察してくれて、「どうした？」と素早《すばや》く声をかけてくれた。


それは、小学校五年生のときのこと。一泊二日のキャンプがあった。キャンプのメインイベントは、もちろん夕食のカレー作りだ。飯ごうでごはんを炊き、ジャガイモやニンジンを切って、カレーを作る。でも、僕には手伝えることがなかった。ひたすらみんなが作るのをじっと見守り、よだれをたらしては、早く食べたい気持ちを我慢《がまん》していた。今か今かと首を長くして待っていた。そんなとき、急にお腹が痛くなった。朝からずっとトイレに行ってなかったからだ。

「トイレに行きたくなったら、先生に言いなよ」

山本先生の言葉を思い出した。先生を探した。相当、マズイ状況だ……。

「せ、先生、トイレに行きたい！」

先生を連れて、トイレへと走る。もう一瞬の猶予《ゆうよ》もない。「先生、早く早く！」。大慌《あわ》てでズボンとパンツを脱がせてもらって、踏ん張った。

……はあ、なんとか間に合った。

おしりを拭いてもらうため、外にいる山本先生を呼んだ。

「先生、いいよー！」

返事がなかった。

あれ、聞こえないのかな？　もう一度大きな声で呼ぶが、先生は現れなかった。自分でおしりは拭けないし、ズボンやパンツもはけないし。どうしよう、どうしよう、と思っていたら、数分後。先生が来た。

「ごめんね。もういいかい？」

「うん、いいよ」

おしりを拭いてもらい、ズボンとパンツを上げてもらう。さて、もうカレーできたかな……気持ちがはやる。そそくさとトイレを後にして、みんながいる場所へと走って行こうとする僕の背中に、山本先生の声。

「待ちなさい」

振り向くと、いつもの優しい笑顔ではなく、険《けわ》しい顔つきの山本先生がいた。

「ゆーじ。何か忘れてないかい。先生に何か言わなきゃいけないでしょ？」

「えっ？」

トイレに何か忘れ物をしているのかな……先生の言っている意味が理解できなかった。

僕には、できないことが多い。

トイレのズボンの上げ下げ。おしりを拭く。学校だったら、給食の片づけ。水泳の着替え。ほかにも、いろいろと誰かに手伝ってもらわなきゃ、できないことだらけ。

手伝ってもらって当たり前。

だって――だって、やりたくても、できないんだからしょうがない。――僕が悪いわけじゃない。僕のせいではない。だから、山本先生の言っている意味がわからなくて、今思えば、そのときの僕は相当ぽかんとしていたはずだ。

「ゆーじ君。あなたは人に何かを手伝ってもらったとき、その人に向かって、ちゃんと『ありがとう』って言っている？」

無言のまま、顔を横に振る。

「手伝ってもらうことが当たり前だと思ってない？」

やっぱり僕は、無言のまま。

「それじゃあダメだよ。あなたはこれから成長するにつれ、もっと多くの人の手を借りなければいけない。そんなとき、あなたが何も言わなかったら、相手の人はどう思う？」

「……」

「約束しなさい！　これから誰かに助けてもらったら必ず『ありがとう』って言うこと！」

大きな金槌《かなづち》で、頭を殴られたような衝撃。カレーが待っていることも（お腹が減っていることさえ）、一瞬で忘れていた。頷いて、小さな、弱々しい声でこう言った。

「……ありがとうございます」

ちょっと照れくさかったし、恥ずかしかったけれど、その一言で先生はいつもの笑顔に戻った。あのときの山本先生の笑顔は、今でもはっきりと僕の頭に焼きついている。

助けてもらうこと、手伝ってもらうことが当たり前。でも、当たり前が「当たり前」になったら、人の心がわからない人間になってしまう。

だから、忘れずに言おう。「ありがとう」と、いつも、心から。

や〜い手なし人間

学校からの帰り道。目線を感じる。いやな感じに包まれた。振り向くと二、三人の下級生が指を差してこちらをジロジロ見ていた。そして目が合ったとたん、ニヤッと意地悪な顔をしてこう言った。

「うわーっ、手なし人間だあああ!」

小学校中学年になり、下級生が入ってくるようになってから、下校するときに頻繁《ひんぱん》に言われた言葉。

「手なし人間」。その下級生たちが言っていることは、嘘じゃない。間違いじゃない。だから、嘘を言うな! 勝手なことを言うな! と反論は、できない。変えられない事実。どうしようもないこと――先生やクラスメイトにも助けてもらって、何も不自由のない学校生活を送っていて、自分に障がいがあるということなど、ほとんど忘れてしまう日がよくあった。

だからこそ、この言葉を言われると、ふと我に返るんだ。

僕には手がないのだ。

悔しさとやるせなさ。そして、この気持ちを誰にもわかってもらえない、理解してもらえない、僕をこんな身体にした相手にさえ嘆《なげ》くことのできない、どうしようもない気持ち。できることといったら、「手なし人間！」と僕をあざ笑った下級生に向かって、手のない身体、全身でぶつかっていって、蹴ること。下級生を蹴るなんて、いけないことだ。でも、ふだんはおとなしい僕が、そのときだけは心のブレーキがきかなかった。

「うるさい！　うるさい！　手なし人間って言うな！　手なし人間って言うな！」

あざ笑う声を蹴散《けち》らすような気持ちで、その集団に飛び込む。相手が泣いてしまうくらい、蹴って蹴って、叫んで叫んで、逃げて家に帰る。悔しい、悔しい、悔しい！

「ただいま～お腹減った～」

そんなことがあった日でも、家のドアを開けるときは、いつもと変わらぬ僕のふりをしていた。今日も平和に楽しい学校生活が終わったよ、という声のトーンで。でも、それは僕の声であって、僕の声じゃない。両親には何も言えなかった。言っても心配させるだけだろうし、何も解決されないことだと思った。

親に相談して、親が学校に相談して、たとえば朝礼のときに校長先生や教頭先生から、「皆さん、○年○組の小島裕治君のことを『手なし人間』と呼ばないように」と僕は言ってもらいたいのだろうか？　それは、違う気がする。だから自分の心にそっとしまって、フタをする。

それが一番良い方法。こんな最悪の日の後には、きっと最高に良い日が待っていると自分を納得させた。でも、ときには……そんな日の夜は、昼間の出来事を思い出して眠れなくて、布団にもぐって息を殺して泣いた。息を殺している分、涙があふれ続け、枕が涙と鼻水でぐちょぐちょになるくらい泣いた。

「あれ？　お兄ちゃん、泣いてるの？」

電気を消した暗い部屋の中、二段ベッドの上で寝ていた妹が僕にたずねた。

「ううん。泣いてないよ」

慌てて下唇を噛む。誰にも話せない苦しみ。誰にも理解してもらえない気持ち。クラスの友達も、先生も、家族も、あの下級生の子たちだって、僕が夜中に一人で泣き続けているなんて、想像しないだろう。

小学校五年生の頃にはこんなことがあった。

サッカーの部活を通して仲良くなった同じクラスの健ちゃん。学校がない日は、よく健ちゃんの家に行ってゲームをしたり、サッカーボールで遊んだ。繁華街《はんかがい》までドラゴンボールの映画を観に行ったこともあった。ときには、彼の弟も混じり、三人でかくれんぼをして遊んだ。健ちゃんと遊んでいると、とっても楽しかった。

大親友。

五年生くらいになると、女子も男子もやたらとこの言葉を使いたがった。「○○とオレは親友だからな!」、そんなセリフが教室を飛び交《か》う。もちろん、僕だって。この言葉があてはまるのは、健ちゃんを置いてほかにはいない……本当にそう思っていた。

クラスでもおとなしい僕は、思春期《ししゅんき》を迎えるこの頃になると、さらに引っ込み思案になって、自分から友達に遊びの約束をとりつけることができなかった。だけど、健ちゃんだけは、いつも僕を誘って遊んでくれた。「ゆーじぃ」「健ちゃん」、「オレたち、親友だよな」「そうだよな」と言い合う仲だった。

日も暮れそうなある日のこと。いつものように健ちゃんと二人で、小学校の遊び場にいた。健ちゃんはロープにぶら下がってユラユラ揺れる遊具で遊んでいた。だけど、ロープにつかまることができない僕は、楽しそうに遊んでいる健ちゃんをじっと見上げているだけ。退屈《たいくつ》だった。一緒に遊びたいけど、ロープをつかまえられない。それでも一人で楽しそうに遊んでいる健ちゃん。こういうのは、親友と一緒に遊んでるって、言えるんだろうか……もやもやとした感情が巻き起こって、さらに退屈になる。遠くからは、帰り道を急ぐ女の子たちの声。

僕は、「もう帰ろうよ」の一言が言えず、ベンチに座り、健ちゃんが遊びに飽《あ》きるのを無言で待っていることにした。

そんな僕の表情を見て取ったのか、不意《ふい》に健ちゃんはロープから手を離し、きれいに着地を決めると、こっちに向かって歩いて来た。ふう、これでようやく解放される……僕は多分、ちょっとほっとした顔をした。

健ちゃんは、僕の座っていたベンチまで歩み寄るなり、ぶっきら棒にこう言った。


「ゆーじぃと遊んでも楽しくない」


言葉が心を突き刺した。

家族の前でも、友人の前でも、それまでずっと泣くことを我慢してきた僕。泣くのは夜、布団の中。そう決めていたのに、それが、健ちゃんのこの言葉で、昼間の涙の栓《せん》がすこんと外れたがごとく、うわーっと声を上げて泣いた。

しゃくりあげて、泣いた。

このときの涙の理由は、悔しいだけではなくて、悲しくもあったから。親友なのに、楽しくないなんて。言い返す言葉なんて見つからない。泣いても、泣いても止まらない涙。

あまりの泣きっぷりに、健ちゃんはビックリしたようだった。

「ゆーじぃ、ごめんね。ねえ、ごめんね」

でも、もう健ちゃんの言葉は、届かない。

言われて一番悔しい言葉。悲しい言葉。わかっているけど、認めたくない言葉。大親友だなんて、嘘だったのかもしれない。

「ゆーじぃと遊んでも楽しくない」

この言葉は、今も僕の心に刺さったままである。

僕が泳げた日

手を必ず使うスポーツというと、どんなものを思い浮かべますか？　バスケ、バレー、ソフト、剣道、柔道、空手、テニス、バドミントン、卓球、水泳、ドッヂボール、ハンドボール、スキー……ほかにもまだまだあると思います。

それでは逆に、手を使わなくてもできるスポーツは？　その代表的なスポーツとして、誰もが思い浮かぶのが、サッカーだ。

小学生の頃の僕はサッカー部に所属し、将来はサッカー選手になることが夢だった。なぜか？　理由は簡単。小学校の頃、体育の時間で一番楽しい授業が、サッカーだったから。水泳やソフトやバスケは、僕にはできなかった。

それでも先生は、僕にも授業に参加できるようにいろいろと考えてくれた。たとえば、ソフトのときは審判《しんぱん》をさせてくれたり、バスケのときなどは、僕だけ足で蹴って、ボールの間にボールが命中したら得点が入るというような、特別ルールを作ってくれた。そんな先生の優しさにはとても感謝している。でも、全然楽しくなかったというのが、正直な気持ち。

僕のための特別なルールがあるときは、そのことをおもしろくないと思っているクラスメイトもいるはずで、僕のいるチームが勝っても負けても、それが気が気ではなかったのだ。僕がいることで、何をしてもおもしろくない、そんなふうに思われてしまうことが一番怖かった。

中でも一番嫌いなスポーツ。それは水泳だ。夏の授業で水泳があるときは、朝から気分が悪くて、学校に行きたくなかった。何がいやだったかと言えば、まずは着替え。ほかの男の子は、洋服を脱いで海パンを履くだけ。しかし、僕の場合は両腕を目立たなくするためにベージュの長袖のポロシャツを親から着せられていた。かっこ悪いし、長袖だから暑い。それだけならまだいい。僕の両腕にだらんとぶらさがった袖と袖を、やんちゃなクラスメイトが縛るという悪戯《いたずら》をするのだ。縛られた僕は何もできない。

「ちょっと！　やめてよ！　やめてってば！」

だけどほかの子たちは、まぬけな恰好《かっこう》になった僕を見て、笑うだけ。

水泳の時間、どんどん泳げるようになっていく子たちを横目に、泳げない僕は、浅い小さなプールで練習。みんなは違うプールにいる僕の存在など、忘れてしまったかのよう。水に浮くことはできるようになったけど、足をバタバタと動かしても腕がないから息継《いきつ》ぎが上手にできなくて、それ以上はなかなか上達しない。僕は一生、泳げないのかな……水泳の時間がどんどん嫌いになっていった。

でも、そんなときに、心強い味方が現れた。父である。僕が泳げなくて悩んでいるのを知ると、水泳のある日は水着持参で学校にやってきて、手伝ってくれたのだ。照れくさくもあったけど、とても嬉しかった。一緒にプールに入って僕の体を支えてくれる。入学のときと同じように、絶対にあきらめないぞ、という顔をしながら「そうだ、ゆうじ！　そこで息継ぎ！　体をななめにするな！」と、丁寧《ていねい》に丁寧に教えてくれた。泳げるわけがない……僕は半ばあきらめていたのに、父には闘志がみなぎっていた。

少しずつ泳げるようになる僕の姿を見て、父は自分のことのように喜んでくれた。

「すごいな、今日は五メートル！　新記録だ」

たった五メートルでも、大記録を作ったかのように褒《ほ》めてくれた。それが嬉しくて、もっと頑張ろうと思えた。少しずつ泳げるようになってからは、水泳が大嫌いだった自分なんて忘れていた。

そして小学校五年生のとき。

とうとうクロールで一五メートル進んだ。たったそれだけ？　そう思う人もいるかもしれない。だけどこれは、僕の頑張りと、父の励ましがあってこその結果。その日の授業の後。父は仕事に戻り、僕はいつものように先生に着替えを手伝ってもらっていて、教室に戻るのが遅れた。いつものように、一番ビリ。

そして、教室に飛び込むなり、驚く光景があった。

黒板には、大きな大きな、派手な文字。

「ゆうちゃん！　クロール一五メートル完泳おめでとう！」

そして、先生とクラスメイトの拍手に包まれた。なんだか恥ずかしくって下を向いたけれど、喜びは隠せなかった。努力の成果が出たことも嬉しかったけど、それ以上に父への感謝でいっぱいだった。

それからは、どんどん水泳にはまっていく自分がいた。六年生になり、背泳ぎで五〇メートル泳げるようになった。背泳ぎのほうが息継ぎが簡単にできるからだ。

そして、今ではほぼ週に一回泳ぎに行っている。クロール、平泳ぎ、もちろん背泳ぎは楽勝。泳ぐのが楽しくてたまらない。五年生までの自分が、嘘のようである。

二度目の交通事故

実は、僕は二度も交通事故に遭っている。一度目は四歳のとき。両腕をなくした。そして、小学校四年生のとき、右足を轢かれた。本当にドジである。そのとき、僕と友達は、細い路地を歩いていた。お互い馬鹿なことを言ってふざけて、つっつき合っていた。そのとき、よろけて体勢を崩した。すぐ後ろから普通乗用車が走ってきた。「危ない！」と思うのが遅く、右足を車の後輪に踏まれた。その場にしりもちをついて座り込んだ。

「ちょっと君、大丈夫？」運転していた女性が降りてきた。しかし、たいした痛みもなかったので、「大丈夫です。歩けますから」と立ち上がり、歩いて家まで帰った。

帰って靴を脱いでみると、靴下が真っ赤に染まっていた。

血を見たとたん、ぞぉーっと背筋が凍りついた。恐くて大泣きをした。僕はまた交通事故に遭った！　怖くて怖くて、たまらなかった。慌てて病院に行きレントゲンを撮ったのだが、右足の骨にヒビが入っただけで大事には至らなかった。といっても、当分の間はギプス生活をすることに。これには、想像以上に困った。

まず、字が書けない。利き足は右だったから、左足で一生懸命に書く練習をした。左足では、今まで書く練習をしなかったため、力が入らずひょろひょろの字になった。右利きの人が、いきなり左手で書くのと同じで読めなくはないが、ひどい字なのだ。

食事も大変だった。四歳の頃のリハビリのおかげで、スプーンでは問題なく食事ができるようになっていた。ごはんも、味噌汁も、スプーンですくう。保育園と小学校へは毎日、「マイスプーン」を持って行き、給食を食べていた。しかし、まわりの子は上手に箸《はし》を使っていた。それがうらやましくて、一生懸命練習をして、右足で箸も持てるようになったのだ。しかし、さすがに左足で箸を持つことは難しかったので、このときはスプーンで食べるしかなかった。そしてなんといっても大変だったのは、『歩くこと』である。特に、階段を上るのが大変。右足のギプスを庇《かば》うため、左足でケンケンをするしかなかった。正直、怖い。手すりにつかまることもできない。一歩間違えば、顔からズタズタズタと転げ落ちてしまう。

このケガで、一番迷惑をかけたのが母だった。家から学校までふつうに歩いても二〇分くらいかかる。その距離を毎日ケンケンで登下校するのは不可能に近い。そのため、ギプス生活の間は、母が車で送り迎えしてくれた。学校に着いたら着いたで、僕をおぶって教室まで運んでくれた。四年生ともなれば、体重も結構ある。だから母には感謝をしなければいけないのに、一度だけ腹を立ててしまったことがあった。

ある土曜日のこと。その日は、集団下校だった。だけど僕は参加ができず、母の迎えを校門の前で待っていた。季節は秋で、空は高く、あたたかい太陽が照っていて、とても気持ちのいい日だった。授業は午前中のみだったため、昼食を食べておらず、お腹が減っていた。全校児童が、帰る方向の同じ者同士、それぞれグループに分かれて、僕の前を通りすぎて行った。

気がついたら、運動場は静まり返っていた。誰もいない。僕だけが校門の前で一人、今か今かと母を待ちわびていた。約束の時間を一時間も過ぎても、母の姿は見えなかった。もう、何をやってるんだろう？　我慢の限界だ。ひどいじゃないか。無性に腹が立った。ケンケンで家に向かって飛び跳ねていった。

校門から三〇〇メートル行ったあたりの横断歩道を渡ったとき、後ろから声がした。

「ゆうちゃん！　ゆうちゃん！」

母だった。しかし、無視してひたすらケンケンした。

一時間も待たせて、なんだよ。

「遅くなってごめんね、早く車に乗りなよ！」

意地でも乗るもんか。空腹の状態で一時間も待たされた腹立たしさ……今考えれば、かなり子どもっぽい。

「すっげえ待ったのに、なんで？　お母さんなんて知らんわ！」

「もう、そんなことで怒らないで。こっちだって忙しかったんだから」

そんなやりとりをして、結局僕が折れて、車に乗った。左足が疲れて、パンパンだった。

そして、お腹がクゥーと鳴った。

自分のことで精一杯だったあの頃。母の忙しさなんて、これっぽっちも考えたことがなかった。でも嬉しかった。どんなに意地を張っても、ケガをしても、両親は僕をいつでも見守って、支えて、育ててくれたのだ。

ありがとう、おかん。あのとき、すねてごめん。

積極的になれ！

人間って、生まれたての頃はできないことばかり。それが、ハイハイから始まって、立って、歩き出して、走り出して。

みんな失敗を繰り返して、学習して、何かができるようになる。

僕は両手をなくして、足で何でもできるように練習をした。最初はスプーン。始めは何度も足をつって痛い思いもしながら、次第にスプーンを持てるようになって、口まで運べるようになって、自分でごはんが食べられるようになった。

そして小学校に入ってから、僕は、両親から書道教室に行くように言われた。書道教室の先生も、さぞかし驚いたことだろう。足で書く子に書道を教えるなんて、前代未聞《ぜんだいみもん》だったと思う。この先生が鬼のように怖い先生で、ハンパじゃなくしごかれた。最初は全然ダメだった。自分で見ても、ヘタな字。だけど、先生の指導のもと、泣きながら練習に励んだ結果、毛筆も硬筆も、人並みに書けるようになった。

同じような特訓のしかたで、そろばんも習得した。

習い事には行かなくとも、図画工作の授業ではハサミやカッターの使い方を、家庭科の授業では包丁の使い方を練習した。

でもやっぱり、大変だったのは箸の使い方だった。

箸は、親が強制したわけではない。みんなと同じように箸でごはんが食べたいという思いから、自ら練習を始めた。スプーンと同じように右足の親指と人差し指で箸をつかむ。最初はジャガイモなどの固形物を刺して食べていた。でも使っているうちに、親指と人差し指を上下に動かすことで箸が開いたり、閉じたりすることに気づき、少しずつ箸で挟んで食べるように毎日の食事で練習をした。驚くべきことに（自分自身はまったく驚いてはいないのだが）今では大豆《だいず》や小豆《あずき》だって一粒ずつ箸で挟むことができる。

こうして僕の足は、いろんなことを覚えた。みんなの手と同じようにいろいろできるようになって、小学校の高学年の頃には障がいなんて忘れていた。恥ずかしがり屋なのは変わらなかったけど、普通の子ができることは、なんでもできるような気がした。


小学校五年生のとき、クラスから児童会の副会長に推薦された。

人前で話をすることが大の苦手だった僕。選挙演説なんて、あまりにも大《だい》それた話だ。でも、クラスメイトや友人の支えもあって、「やってやろうじゃん！」と思い切った。校内に貼る選挙ポスターを書いたり、マニフェストを考えたりなどの選挙活動をした。

演説当日。全校生徒の目の前に立った。身体がピリピリして、ガチガチに緊張していた。だんだんと自分の順番が近づいてきた。

「はい。それでは次、副会長立候補の小島裕治君。お願いします」

そこから先は、覚えてない。演説は事前に何度も練習したのに、頭が真っ白だった。でも、やるだけのことはやった。悔《く》いはないし、人前で話ができたことだけでも進歩。

結果はどうあれ、一歩前進できた気がした。何よりも、応援してくれたクラスメイトの存在が大きかった。いろいろなことを、いつも手助けしてくれる大切な彼ら。そんな彼らのためにも、どうにか勝ちたかった。

しかし、結果は敗退。一五票の僅差《きんさ》。悔しさはあった。でも、逃げなかった。挑戦した。

そのほかにも、文化祭に出店するお店の案を考え、店長をやったり、級長に立候補したり（落選した）、サッカー部ではレギュラーになるために一生懸命練習したり（結局なれず、最後の試合でちょこっと出場しただけ）。失敗続きとはいえ、とにかく、いろんなことに積極的に挑戦した。

「裕治、積極的になれ！」

六年生のときに担任だった、松村先生の言葉だ。

僕が何かに躊躇《ちゅうちょ》していると、すぐに気がついて、この言葉をかけてくれた。

何度、この言葉に背中を押されたことだろう。

そして、この六年間で、信じられないほど積極的になれた自分を感じながら、僕は小学校を卒業した。

好きな子ができたけど

僕は、地元の公立の普通中学校に入学した。

もはや小学校入学時のようなトラブルもなく、すんなりと進学できた。その中学校は、僕の通っていた小学校以外に二校の小学校から生徒が集まった。新しい顔ぶれ、先生、教科、部活など環境の変化以外に自分自身に大きな変化があったのも、この頃からだったと思う。


好きな子ができた。


生まれて初めて、恋愛感情というのを持って人を好きになった瞬間は、今でも忘れられない、中学校一年生の体育大会。

空は真っ青で、くっきりと晴れていてとても気持ちのいい日だった。体育大会も最後の競技で、どのクラスも自分たちのクラスの応援に熱が入っていた。確か、クラス対抗のリレーか何かで、運動場のグラウンドはとてつもない熱気に満ちていた。

よーい！　パンッ！

いっせいに各クラスの選手が走り出す。大きな声で選手に声援を贈る。ふと、隣のクラスを見たときに目に飛び込んできたのが、その人だった。名前も知らない、話したこともなかった。同じ学年なのに存在すら知らなかった。競技はそっちのけで、その子に見とれてしまった。目をそらすことができないくらい、好きになってしまった。身体はスラッとしていて、やせていて、でも大きな声で一生懸命自分のクラスを応援する彼女。まさに、一目ぼれっていうやつだ。

その日から、学校の中で彼女とすれ違うたびにドキドキした。どんなときも、何をしていても彼女のことしか考えられなかった。変な自分がいた。

そうか。これが、恋ってやつの正体だ。そう気がつくのに、何日かかっただろう。

それと同時に、自分の身体のことを思った。

手がない僕が、人を好きになっても振り向いてくれやしない。

小学校の高学年でさまざまなことに挑戦し、自信をつけてきたつもりだった。努力さえすれば、ほとんどのことはふつうにできる、と。

でも、一つ一つ振り返ってみればやっぱり自分は人と違った。自転車は乗れない。格闘《かくとう》ゲームではいつも負けてばかり。大半のスポーツはできない。顔がハンサムなわけでもない。頭だってそんなに良くはない。「とりえ」と呼べるものが何もなかった。そんな僕が人を好きになっても無駄なことだ。無理なことだ。

その子のことは大好きなのに、自分のことを好きになれていなかった。

だからただ遠くから、見ているだけ。ただそれだけ。

見ているだけの恋が一番幸せだ、という人がたまにいるけれど、僕には理解できない。僕には、話しかける自信がないだけだった。たとえ話しかけても、好意を持ってもらえる自信もなかった。だけど「好き」という気持ちは、どうしようもなく強くなっていく。状況は変わっていないのに、日に日にドキドキが増した。

こんなことなら、あの事故で死んでいればよかった。こんなつらい思いをするくらいなら――いつしかそれくらい、思いつめていた。


その「初恋」が象徴《しょうちょう》するように、充実した小学校生活に比べ、中学校の三年間は無意味に過ぎ去った。

目標もなく、打ち込めることもなく（サッカー部がなく、しかたなく科学部に所属《しょぞく》していたのだ）、親友と呼べる人とも出会えなかった。ただ、勉強をしていた。おもしろくもなんともなかったけど、できることはそれだけだったから。小学校時代は、「サッカー選手になりたい！」という大きな夢があったが、そんな夢すら、もはやあきらめムード。自分の努力の結果が実るのは、テストの点数だけだった。その頃の目標は僕の兄貴だった。三つ上の兄は成績が良く、県内でも五本の指に入る名門校に入学し、僕もそこの高校に行くことを目標に頑張っていた。両親はそんな兄を誇《ほこ》りに思い、よく褒めていた。僕も、兄と同じように褒めてもらいたくて、必死に頑張って結果を出そうとした。だけど、順位はいつも中の上。そこから先の順位には、なかなか上がれない。

三年生の二学期。給食を食べ終わった後、担任の先生に教室の後ろのほうに呼ばれて、こう言われた。

「小島君ね、残念だけど、○○高校を受けるのはよしたほうがいいと思うの。内申点《ないしん》が足りないのよね」

努力は実らなかった。

自分にできるのは勉強だけだと頑張ったのに、結果が出なかった。この瞬間、自分のことをもっともっと嫌いになった。行きたい高校も受験できない。好きな子に告白もできない。自分を好きになれない。自分自身が嫌いで嫌いで、しかたなかった。

結局、あの子とは一度も話すことができなかった。

初恋の人。苦しい思い出。

初めての肩ぐるま

「ねえ、かたぐるま、してよ」

小さな男の子が僕に近づいて来て言った。

どうしたらいいのかわからなかった。肩ぐるまなんてしたことがなかったし、「して！」、と言われたのも生まれて初めてだった。誰も僕に、そんなこと言うわけがないと思っていた。両腕がない僕には、無理。僕はそのとき、泣き笑いのような顔で男の子に微笑んだ。抱き上げることもできないし、支えてあげることもできない。それでも、男の子はじっと僕の顔を見ていた。


中学校時代。たくさんの行事があった。自然教室、北アルプス・御嶽山《おんたけさん》の登山、修学旅行で東京へも行った。しかし、どれも消極的に過ごしてしまったからかあまり覚えていない。そんな大きな行事よりも、記憶に残っている出来事がある。

それが、自分が通っていた保育園を訪問したときのこと。家庭科の授業で、幼児の体つき、行動、言葉、生活習慣について学ぶために保育園を訪れた。しかし、最初は行きたくなかった。その日が来るのが怖かった。

「手なし人間！」

無邪気《むじゃき》な子どもは、無邪気ゆえに残酷《ざんこく》にもなる。小さな子どもから、好奇心むき出しの瞳で近寄られ、そんな言葉で呼ばれるのがいやだった。幼いからしかたないし、もうとっくに慣れてはいた言葉だけど、これ以上心に傷を負いたくなかったのだ。

でも、その日は来た。朝から緊張していた。お腹が痛くなれば、なんとか言い訳をして休めるのに、こういうときに限って、全身、元気だった。自分が育った保育園に行くのは八年ぶりくらいのこと。あの頃、とても大きく感じたブランコやすべり台、教室、それらのすべてが小さく、可愛らしくなっていた。

「おはようございまぁす！」

大きな声で園児たちが僕らを迎えてくれた。そして数分も経たぬうちに、垂《た》れ下がった長袖の先に目線を感じた。何か言われるかな、いやだな……可愛《かわい》いと思いながらも、幼児の存在が恐ろしい。

「それでは今日は、お兄さん、お姉さんたちと一緒に遊びましょう」

わぁーーーーっと、子どもたちが駆け寄ってきて、それぞれ気に入ったお姉さんやお兄さんにまとわりつき手を握っていた。そのうち、何人かの園児が僕を囲み、何か言いたげに顔を見上げた。

「ねえ、手、どうしたの？」

実に、無邪気。不思議に思うから、質問する。そんな園児たちを無視することはできないから、こう答えた。

「小さい頃に、交通事故でね、ダンプカーに轢かれちゃったんだ」

そう、僕が事故に遭ったのは、今の君たちぐらい、小さいときの出来事なんだ……その瞬間、一人の男の子が眉《まゆ》をひそめた。交通事故の意味を知っていたのだろう。

「そうなんだ。いたくない？」

「全然痛くないよ」

「ふぅーん。ねぇ！　ねぇ！　おにいちゃん、かたぐるましてー！」

耳を疑った。

今まで生きてきて、初めてのリクエストだった。まさか、そう来るとは思わなかったよ……手が使えないのに、肩ぐるまなんてどうやってしたらいいんだ？　迷った。できたところで、もしも子どもを落としてしまったらケガをさせてしまう。父母から、「どうして障がいのある人に肩ぐるまなんか！」とクレームになったらどうしよう……でも、断ってしまうのはなんだか悪いしなあ。そうこう考えているうちに、僕は自然に屈《かが》んでいて、腰骨にも届かない背の、小さな彼を首に乗せていた。

（危なかったら、すぐに下ろそう）

念には念を入れて、自分の顎《あご》と肩でしっかりと彼の足を必死につかんだ。力を思いっきり入れて。

落ちるなよ、落ちるなよ……しっかりと踏ん張って、立ち上がった。

「わーーーっ！　みてみて！　すごいでしょう！」

僕の肩に乗った男の子は、はしゃいで、そして少し自慢げにそう言った。その様子を見たほかの子どもたちが、さらに僕のまわりに集まる。肩ぐるまをされている子なんて、ほかにいなかった。僕のクラスメイトが、驚いてこっちを見ていた。

「僕も！　僕も！」「私も！　私も！」

困ってしまった。こんなに大勢を一度に肩ぐるまなんて、できやしない。でも、一方で無性に嬉しかった。僕でも、誰かを笑顔にすることができるんだ！

肩ぐるま大会が一通り終わると、一人の男の子は、垂れ下がった僕のジャージの袖をつかんだ。

「ねえ、ひっぱって！　はしって！」

おいこら！　袖が伸びてしまうじゃないか！　でも、しかたなく引っ張った。思いきり走った。それを見た子どもたちが、肩ぐるまのときよりももっと集まってきた。両腕のない袖は、五、六人の子どもたちに捕まえられ、そして無垢《むく》な笑い声に包まれた。

『ぐるんぱの幼稚園』という絵本を読んだことがありますか？

一人ぼっちの大きな象「ぐるんぱ」が、いろいろな仕事に失敗して、最後に幼稚園を開くというお話。今まで、いつも何もかもうまくいかなくて、「もうけっこう」と仕事場を追い出されていた「ぐるんぱ」が、幼稚園の子どもたちに囲まれて、生まれて初めて、生き生きと働く。長い鼻をすべり台にして、園児たちを遊ばせる……いつしか僕は、自分を絵本の「ぐるんぱ」と重ね合わせていた。

行く前は、いやでいやでしかたなかった保育園訪問。

だけど、すごく楽しかった。子どもは素直だから時々グサッと胸に突き刺さるようなことを言う。だけど、遠慮がないから、障がいのあるなしに関わらず、対等に向き合ってくれる。あの子どもたちの笑顔は、今でも忘れられない、僕の宝物だ。

高校受験失敗と母の涙

中学時代、一生懸命勉強した。塾にも通って、できるだけたくさんの知識を頭に叩き込んだ。兄貴が通っている高校を受験したかったのだ。しかし、担任の先生に、「小島君の学力では難しい」と言われ、地元の標準的偏差値の公立高校を受験した。

「この高校なら、小島君の成績で十分合格できるよ、大丈夫」

先生にそう太鼓判《たいこばん》を押され、滑り止めなしの一本受験。

しかし、落ちた。

試験当日。極度の緊張で頭が真っ白になり、自信を持って問題を解くことができなかった。それは面接でも同じだった。

合格発表の日。天気は雨だった。

『もしかしたら落ちているのではないか、この天気のように』

いやな予感がして、結果を見に行くのが怖かった。それでも、いつものように朝食を食べ、父の車で、合格発表のある高校まで送ってもらった。

「一人で見に行くから、ここで待っていて」

高校に着いて、車を降りて結果を確認しに行った。人だかりをかき分け、自分の番号を必死に探した。


ない。

考えたくもない現実。夢だ。これは夢に違いない。もう一度ゆっくりと番号を探した。

やっぱりない。


やっぱり、僕はダメな奴だ。何をやってもうまくいかないのだ。両手がないせいで。

「番号なかった」

車で待っていた父に言った。目を合わすこともできず、悲しみをこらえたら、自分でもびっくりするほど無感情な声になった。

「本当か?」

焦った表情で僕を見た父は、車を降りて、掲示板のほうに走っていった。その背中に、何も声をかけることができなかった。

数分後、うなだれた父の運転でその高校から出るとき、車のカーテンの隙間《すきま》からたくさんの笑顔を見た。

その中には、同じ中学の友人の顔もあった。学校での成績は、僕のほうが良かったはずだった。僕は、友達の笑顔を頭から追い出し、うつろな目をして外の景色を眺めていた。景色が流れていった。僕を置き去りにして流れていった。

ダメだダメだダメだダメだ。自分は本当にダメな人間だ。死んでしまえ。もう死んでしまいたい。

これほどまでに自分を嫌いになったのは初めてだった。

手がないことが、自分の全存在を否定した。

でも、捨てる神あれば、拾う神あり。まだ入学希望者を募集していた私立の高校を受験し、かろうじて合格した。しかし嬉しくはなかった。自分は高校受験に失敗した。その事実はくつがえらない。苦しくつらく重い現実。

母親と一緒に、中三の担任の先生に私立の高校に合格したことを報告しに行った。このときのことは思い出したくない。思い出すと胸が苦しくなる。

「ありがとうございます。本当にありがとうございます」

母は、涙を流しながら深く深く、担任に対してお辞儀《じぎ》をしていた。

一五歳になったというのに、僕はまだ母を泣かせている。

手があれば。手さえあれば、もっと自分に自信を持って生きていけるのに。一五歳になっても、いつも嘆《なげ》いていた。

手さえあれば、手さえ。

青春って何？　空白の三年間

家から片道九〇分かかる高校。だから、同じ中学校から通っていた子は僕を含めて二人。しかも、男子校だったから、女の子と話す楽しみもなかった。新しい環境で、新しい友達を作ろうと努力した。学校初日の昼食の時間。隣の席のクラスメイトに話しかけた。

「一緒にお昼ごはん食べない？」

緊張した面持《おもも》ちで、彼は頷いてくれた。机を合わせて、弁当を開く。しかし、もともと話すことが得意ではなかった僕は黙り込んだまま、ごはんを食べた。

最悪だ……僕から誘ったのに。

だけど、どうしても気のきいた言葉が浮かばなかった。次の日は一人で食べた。

小中学校は、近所の友人や部活などでつながっていた友人も、気の知れた友人もいた。誰かがそばにいた。だけど、一から友人を作るのは、どうしたらいいのかわからなかった。

そうこうしているうちに、次第にクラスの中にグループができていった。ちょっと悪そうなグループ、オタクっぽいグループ。僕も含めて、羽場《はば》になってしまった子たちは、クラスでの居心地《いごこち》が悪くなっていった。

友人のいなかった僕は、休み時間にすることがなかった。だから、したくもない宿題をしたり、予習をしたり、眠いときは机に突っ伏して、眠った。寝たふりもした。情けない。友達がいないからそうしているのは、ほかの人から見たら一目瞭然《いちもくりょうぜん》だろう。

時間よ、過ぎろ！　早く過ぎろ！　次の授業、始まれ！　それが、休み時間の呪文の言葉。時間なんて、あってないようなものだった。学校にいる時間そのものが、無意味。

クラスメイトが一人、学校をやめた。僕と同じようにクラスになじめずにいた子だった。担任からその報告を聞いたとき、正直、うらやましかった。でも、僕はやめられない。母に、これ以上涙を流させてはいけない。

「もうどうでもいいや。僕は、このクラスに存在していてもいなくても、どちらでもいい」

授業はしっかり受けていたが、休み時間や昼食の時間は、寝たふりを決め込んだ。母が作ってくれた弁当さえ喉《のど》を通らなかった。お茶で流し込み、気持ち悪くなって、トイレに駆け込んだことも何度もあった。友達を作ろうとか、明るい学校生活を楽しもうとか、そういうことを考えることすらしなかったと思う。三年間、遅刻は何回かしたけど、無欠席。よく無理して頑張ったと思う。もうあの頃には戻りたくない。思い出したくもない。それが、僕の暗黒の青春時代。いや、暗黒というよりも色さえない、空白の三年間。

殻を破って、馬鹿になる

「小島！　おまえすごいな！　足でなんでもできるんだな！」

高校一年生のときの、英語の先生の第一声だった。僕にとっては当たり前のこと。それでも先生は、僕のノートを覗き込み、

「これ、本当に足で書いた字なのか？　すごいなあ」

と感心してくれる。それが、神谷《かみや》先生との出会いだった。

ある日。授業が終わってから、神谷先生に呼ばれた。

「おまえ、ＩＣＣに入部しないか？」

先生が顧問を務めるInternational Communication Club、略してＩＣＣ。国際協力クラブという意味だ。本当は高校に入学したら、中学時代にできなかったサッカーをするぞ！　と意気込んでいた。しかし、この高校は愛知県内でもサッカーが強いことで有名。それを聞いて、入部する意欲は一気に萎《な》えた。足手まといになるだけなら、入りたくはない。

ＩＣＣは、いろんな国の人に会って、その国の文化を教えてもらいながら交流をはかるクラブだという。心をうつろに、教室で時間を潰していた僕にとって、それは一筋の光にも思えた。

「おもしろそうだな。ほかに入りたい部活もないし、入ってみよう」

そんな軽い気持ちで入部した。しかし、今振り返ってみると、ＩＣＣに入部したことは、「英語の勉強がしたい！」という気持ちを大きくし、僕の人生を決めるうえでの、大きなきっかけとなった。

人生、どこでどう転ぶかなんて、誰にもわからない。自分さえわからない。


それは、高校二年生のクリスマスのことだ。僕たちＩＣＣ部員とほかの高校の生徒、プラス、留学生を囲んでのクリスマス会。発育の違いだろうか、同じ高校生には見えないほど彼らは大人っぽくて、僕らのように緊張などしていないように見えた。僕らがホームで留学生の彼らがアウェイなのに、彼らのほうが余裕の笑顔である。

そのパーティーには、もちろん神谷先生もいたし、男子校には貴重な女の先生、川田先生がきていた。川田先生は二十代で、若くてきれいで人気のある先生だった。その半面、男の先生より威勢《いせい》のいいところもある。

「ほら！　あんたら留学生に話しかけてきなよ！」

怖気《おじけ》づく部員たち。

「いや…いいっすよぉ…」

部員のみんなが下を向いてしまう。

「小島、殻《から》を破れ！　もっと馬鹿になれ！」

ある日の帰りの出来事。

部活動が遅くなってしまったため、神谷先生に駅まで送ってもらったことがあった。そのときに、自分がうまくクラスになじめないこと、友達ができないこと、高校生活が楽しくないこと。つい、いろんなことを相談した。そのとき先生に言われたのが、こんな言葉。

「小島は真面目《まじめ》すぎるんだ。それがまわりの子を遠ざけているんだと思うよ。自分の殻を破ってごらん」――あのときの神谷先生の言葉を思い出していた。


「僕、行きます！」

こういう突然の勇気は、どこから沸《わ》いてくるのだろう？　母譲《ゆず》り？　父譲り？　自分でも不思議に思うときがある。とにかく、僕はその言葉を思い出した瞬間に、一心不乱にスタスタスタ、と留学生に向かっていた。

「Hi！ How are you？ Where are you from？」

自然に英語が口から飛び出してきた。

「Hi！ Nice to meet you！ I'm from...」

夢中で話しかけた。その場にいた留学生に片っ端から。

あ。僕は今、殻を破った。破れたんだ。もうどうにでもなれ。笑いたい奴は笑え。

——僕は、馬鹿になるのだ。


その帰りの車の中、隣には川田先生がいた。

「小島君すごかったね！　勇気があるね！」

とニコニコ顔。神谷先生も、川田先生に負けないくらいの笑顔をくれた。

「ちゃんと通じたか？　英語で話をするのって、楽しいだろう？　よく頑張ったな」

高校に入学してから、初めて自分が自分らしく楽しく過ごすことができた一日だった。

あの日しゃべった英語は、完璧《かんぺき》じゃなかった。発音が悪くて、声が小さくて、留学生に何度も聞き返された。それでも、必死になって自分の思いを伝えようとした。必死になれたことが嬉しかった。もっと英語を勉強したい。英語を使った仕事がしたい。

将来やりたいこと、なりたい職業が、少しだけ見えてきた。


——英語を使った仕事がしたい。

人生って本当に、何がきっかけになるのか、わからない。

大学受験……誰の真似もすんな

手が使えない自分は、将来何ができるのだろうか？　どんな仕事ができるのか？

高校時代、特に進路を考え始めた高三の頃、毎日のように考えていたこと。

僕が自分で、お金を稼ぐことなんて、できるのか？

五体満足の人なら、「料理人になる。スポーツ選手になる。歌手になる。プログラマーになる」と、将来の選択肢《せんたくし》はあれこれ尽きないのだろう。夢を見ることは無限大だ。だから、どこにも障がいがないのに、「やりたいことがわからない」と言っている十代の子を見ると、どうして？　と不思議に思ってしまう。

やろうと思えば、君はなんにでも挑戦できるんだよ、もったいない考えはするな！

と、つい言いたくなってしまう。

だって、「両手が使えない」僕には、将来の夢や憧れのほとんどが、ぱっと浮かんでは、「手がないから無理！」と消えていってしまう。どんな夢も崩れてしまう。いつもそうだった。将来何がしたい？　ではなく、

『両手がない自分に何ができるのか？』

と考えてしまい、いつもたどり着く答えは、「パソコンを使った、事務の仕事」というあいまいなものだった。それだって、果たして就職できる会社があるのか？　と考えるとどんどん不安になってしまう。

たった一度の人生。本当は、「できる仕事」ではなくて、「やりたい仕事」を模索《もさく》したかった。だけど、あまりにも選択肢が少ないような気がして、悩めば悩むほど、鬱々《うつうつ》となる。そんなとき、ＩＣＣで出会ったさまざまな人たち、留学生、顧問の神谷先生、そして、先生に紹介されて文通していたペンパルのフェンさんの存在があって、「英語を使った仕事がしたい」と思うようになった。自《おの》ずと、「英語を学ぶことができる大学に進学したい」と進学希望が一気に具体的になった。高校三年生の二学期頃、志望大学を決定する際に両親にもそのことを打ち明けた。

よし！　今度こそ、僕は失敗しない。夢をつかむ。

自分の進むべき道が決まってからは、目標もなく、ただなんとなくやっていた高校受験の勉強よりも、気合を入れて勉強ができた。兄貴にもらった参考書を何度も繰り返し解き、わからなかった問題は、先生や兄貴に聞いた。しかし、模擬《もぎ》試験を何度受けても、第一志望として書いた大学の判定は、「C」。降水確率にたとえたら絶対に傘を持って出かけるような曇天《どんてん》。受かる確率はかなり低かった。

「小島。おまえの第一志望、模試の判定低いだろう？　やめておけ」

担任は首を横に振る。

「いいえ、受けます。受けて落ちるよりも、受けないであきらめるほうが、きっと後悔しますから」

決意は変わらなかった。ここであきらめたら、何も変わらない気がした。入学試験は、二回チャンスがあった。受からないかもしれないけど、自分の実力を試してみたかった。試験に挑んだ。試験勉強をしながら、よくラジオを聴いていた。そんなときにちょうど、大好きなミスチルの新譜《しんぷ》が流れた。

『終わりなき旅』

初めて、歌を聴いて一人で号泣した。

今までいつも一人で、自分の心の叫びを誰にも話せず、心に閉まって生きてきた。もう崖っぷち、と思えるところまで来て、死のうと思ったこともあった。

大きなバスタオルを濡らして、顔にかぶせて寝れば、朝には死んでいる。寝ている間に死ねる。そう思ったけど、ダメだった。死ぬ勇気すらなかった。
「あんた！　何？　この濡れたタオルは？　なんでこんなところに置いておくの」
翌朝、ベッドの脇にあったタオルを触って、母が不思議そうに言った。

あのとき、ミスチルの歌を聴いて救われた。生きていて良かったのだ。
両親だけじゃなく、いろんな人に迷惑をかけて、人と違う生き方をしてきて、これからどうしたらいいかわからなかった。でも、ミスチルは歌っている。「誰の真似もするな」と。

「君は君でいい」

僕は僕のままでいいのだ。
人と違っていてもいいのだ。

「生きるためのレシピなんてないさ」

ボーカルの桜井さんの歌声で、目の前の靄《もや》が一気に晴れた。

そして、試験当日。

得意の英語はばっちりできた。ただ気がかりだったのは、数学。全然わからなかった。

でも、後悔はなかった。自分の実力を十分発揮できたんだ。


数週間後の朝。

友人の家に向かうちょうどそのとき、玄関のベルが鳴った。玄関を開けると、宅配便のおじさんが茶封筒を抱えていた。それは、試験結果の入った封筒だった。二回受けたから、二通。ドキドキしながら、慎重《しんちょう》に封を切った。

結果はもう手元に届いている。あがいても、結果は変わらない。でも、たとえ不合格でも、僕は高校入試のときのような絶望的な気持ちにはならない。もっと強くなったのだ。


一通目開封。不合格。

二通目開封。

さっきとは違う、一枚の紙切れ。その紙の、ちょうど真ん中に、二文字の漢字が見えた。

合　格

一瞬、目を疑った。第一志望の大学が、僕に「合格」を出した。言葉にならない。見つからない。努力が実った。苦しかった重荷が、嘘のようにスッとどこかへ消えてなくなった。

やればできる。
障がいがあろうが、なかろうが、関係ない。
いつまでも、自分の手のせいにしていたら、
せっかく命を助けてくれた天国にいる僕の両手に申し訳ない。
これからは、もっと積極的に、突き進んでいくぞ！
人生は、〝終わりなき旅〟なんだから！

晴れやかな気持ちで友人の家へ向かった。僕にもやっと、春がきた。

大学入学―新たな目標―

「おう！　受かったのか！　良かったな！」

両親が僕に言ってくれた言葉。ありきたりでシンプルな言葉だったが、その言葉には温かさがあった。しかし、高校も大学も結局私立校に通うことになった僕。学費の高さに関しては、両親に「申し訳ないな」という気持ちがあった。だからこそ、充実した四年間を過ごそう。

それが僕にできる唯一のことだった。

一九九九年四月。僕は名古屋外国語大学の外国語学部英米語学科に入学した。入学式には父が付き添ってくれた。着慣れないスーツに身を包み、これからの大学生活をいろいろと想像していたら、自然と笑みが浮かんできた。

「僕はここで生まれ変わるんだ。やりたいことをやって、たくさん友人を作って、最高の大学生活を送るぞ」

小高い山の上にあるその大学。入学式も終わり、坂を下ると、満開の桜が道の両脇にあった。時折風が吹くと、ヒラヒラと舞う花びら。歓迎してくれているようだった。あまりの美しさに、父に記念写真を撮ってもらった。嘘笑いではなく、僕は笑っていた。そして、父も大きく笑って。

必死に受験勉強をして過ごし、努力が報われて合格通知を受け取ったことで、思春期頃からずっと抱えていた、「僕はダメな人間コンプレックス」（略して、ダメコン？）も雪のように解《と》けていった。こんな春のような気持ちがやってくるなんて、自分が自分でなくなったようだった。だけどその一方で、「大学時代は人生の中で、ひたすら遊んでも許される時代」という固定観念《こていかんねん》がどこかにあったことも事実。

授業は、単位が取れる分だけ出席し、あとはサークルやアルバイトに明け暮れる日々。中学時代には好きな子に話かけることすらできなかったし、高校時代は男子校だから出会いさえもなかった僕にだって――もしかしたら、もう少し恋に近い出来事も訪れる⁉　しかし、そんな淡く彩られた妄想《もうそう》はあっけなく崩れ落ちた。

山のような宿題が毎日のように出された。そのため、僕の想像していた、まったりとした大学生像は幻に終わった。授業が終わるとその日に出された宿題を抱えてそそくさと帰宅、机に向かう日々。入学当初は、バイトをしている余裕もないほどの忙しさだった。

大学生活でしんどかったのは、宿題だけではなかった。

通学時間である。片道およそ二時間半！　朝一の授業のときは、午前七時の電車に乗らなければならない。朝が弱い僕は電車の中でほとんど寝ていた。窓から届く朝日が気持ち良かった。帰りの電車の中では、好きな音楽を聴いたり、小説を読んだりして過ごしたが、そんな長時間の電車通学は、ときとして苦痛になった。

お腹が痛くなったときだ。自宅と大学のトイレには、僕が自分で用を足すことができる、ズボンを上げ下げするための道具が置いてある。しかし、それ以外の場所では、一人では用を足すことができない。学校に着くまで我慢できるときもあったが、無理な場合もあった。冷や汗が出て、気分が悪くなった。

そんなときは、最終手段に頼るしかない。駅員さんに頼むこと。いつも降りる駅では、僕は定期券を見せることなく、「顔パス」で改札を出る。だからいつも知っている顔の駅員さんに会う。勇気がいることだったが、「一大事」が起きてしまってからでは遅い。断られるのでは、という心配もあったが、そんな心配は無用だった。

「ちょっとお腹が痛くなってしまって。トイレに行きたいんですが……手を貸してくれませんか?」

「いいよ。何を手伝えばいいのかな?」

「ズボンとパンツを上げ下げして欲しいんですけど……」

駅員さんには何度か助けられた。

「困ったことがあったら、いつでも声をかけてね」

何もできない僕は、ありったけの、「ありがとう」を伝えた。

大学生になり、行動範囲が広がったことでいつもの「安心」は「不安」になった。「いつも誰かが助けてくれるわけではない。これからは、自分にできないことは、自分で伝えないといけない。それが赤の他人でも」

そう自分に言い聞かせた。いやな顔をする人も大勢いた。「人の財布は触れない」と言われれば、お金を払いたくても払えなかったし、傘を差して欲しいのに無視されることもあった。そして、今まで以上にたくさんの人に「両手がない」ことをジロジロと見られた。

大人とか、子どもとかは関係ない。立派なスーツを着た中年の人が、好奇心丸出しの表情を見せることもある。

でも、社会とはそういう所だ。一つ一つ傷ついている暇がないほど、世の中にはいろんな人がいる……僕はその頃から、周囲の目を気にするのをやめる技術を手に入れた。

見たい奴には見せておけ。笑いたい奴には笑わせておけ。僕は僕だ。

そんなハードな日々に面食らう反面、大学生活の出だしはスムーズだった。ちょっと変わり者だけど憎めない性格の小野田君と仲良くなった。彼もストレートで大学に入学。誰にでも気さくに話しかけられる性格は、僕にとって理想でもあった。

「小野田君は、なんでそんな簡単に誰にでも話しかけられるん？」

「別になんでもないじゃん。じゃあ逆に、なんで話しかけられないん？」

「緊張するじゃん」

「なんでぇ」

彼はオープンで、自己を守る殻の欠片《かけら》もなかった。

一緒にお昼ごはんを食べたり、食後や授業の空き時間には一緒にタバコを吸っていたりして時間を潰した。ときには飲みに行ったり、休みの日には一緒に買い物に行ったりもした。服のセンスがまったくない彼に、よくアドバイスをしたものだ。

「なあ、ゆーじ。この黒の革ジャンかっこ良くない？」

「かっこいいけど、フェイクレザーだから安っぽいよ」

「俺、金ないもんなぁ」

「でも、おまえは黒が良く似合うで、いいんじゃない」

それから卒業まで、そのフェイクレザーの革ジャンは彼のお気に入りになり、彼のトレードマークになった。春夏秋冬。シーズンを問わず毎日革ジャンを着ていた。そのため、僕らの友人の間では「黒の小野田」なんてニックネームが流行ったくらいだ。

今まで一人でいることが多かった僕は、初めて心が休まる友人に巡《めぐ》り会えた。楽しかったし、嬉しかった。家族以外の人の前でも、こんなに心がのどかになる日がやってくるなんて、空白の数年前には考えられないことだった。

第一志望の大学に受かった。(今度こそ)親友と呼べる人ができた。

それで? それで、僕はこれからどうしたいのか?

新しい目標が必要だ。思う存分楽しく十代を過ごして、ほとんど苦労をせずにこの大学に入った人もいるかもしれない。日々の幸福を当然のように謳歌《おうか》して。でも、僕はそうじゃない。大学に受かったからといってのほほんと過ごすのは、手がないのにここまで頑張ってきた僕の身体に対して、失礼じゃないのか? そんな思いがどこかでくすぶる。

桜の季節が過ぎ、青々とした景色が電車の窓から広がる頃、ハードな授業にも宿題にもようやく慣れてきて、プラスアルファで何かができそうな余裕が生まれていた。


自分がやりたいことを書き出し、実現できそうなことにチャレンジしてみようと思った。

まず書き出した言葉、それは「英語」。大学卒業までには、ネイティブのように話したい。

しかし、大学の授業の英会話は週に数時間。もっともっと話す機会が必要だ。サークルに入るという選択肢もあったが、できればネイティブの先生について、しっかりと話すことができるようになりたかった。そこで、自分に合った英会話学校を探して、通うことにした。

次はアルバイト。当初は「バイトをする暇なんてないよ」と言っていたクラスメイトも、この頃にはそれぞれ、アルバイトを見つけていたようだ。「え？　手のない人にどんなアルバイトができるの？　雇《やと》ってくれる人がいるの？」と思うことだろう。確かに、僕のまわりの友人たちはコンビニの店員だったり、居酒屋やパチンコで働いたり……と、「手を使ってなんぼ」の仕事がほとんど。文字通り、手が足りない会社が即戦力としてアルバイトを雇うわけだから、求人誌を見て応募したところで、きっといい顔はされない。

でも、塾講師や家庭教師をやっている子も多かった。これならば僕にもできるんじゃないか？　それは、社会参加的な意味よりも、自分も、みんなと同じようにお金を稼いで、好きなものを買いたいという、いかにも大学生らしい気持ちからだった。悩んだ末、とある家庭教師派遣《はけん》会社に登録した。

正直、最初は断られるのを覚悟した。手がない先生が授業をする。自分が生徒だったらどうだろう？　怖くはないだろうか？　親はどう思うだろう？　と、起こりうるさまざまなシチュエーションを考えてしまった。いや、待てよ。登録だけなら誰でもできるが、声がからないかもしれない。

しかし、その数日後。派遣会社から電話があった。

「隣町の高校生を教える気はありませんか？」

「ぜひやります！　やらせてください！」

二つ返事で承諾《しょうだく》した。生まれて初めての「働く」という体験。心がはやる。僕にだって、お金が稼《かせ》げるのだ！　――でも、気がかりなことが一つあった。その生徒は、手がない家庭教師がくることを知っているのか？　その子の家に行ってから、「聞いてません」と追い返されたらどうしよう？

「心配ありません。ご家庭には足でなんでもできることをお電話で説明しますから。正式な連絡を後日しますので、少しお待ちください」

電話の向こうで登録会社の人は明るくそう言った。なんだ、そんなことですか、という感じで。後日、再び電話があり、正式に家庭教師を始めることになった。

初めてのアルバイト。自分でお金を稼いで、好きな物が買える！　服を買ったり、大好きなミスチルのＣＤを買ったり、本を買ったり、友達と食事に行ったり、飲みに行ったり。そうすれば、もう「お小遣いはいらないよ」と両親に言えるかもしれない。

初の「家庭教師」の日。登録会社から渡された地図を見ながら、母に車で送ってもらった。あの辺《あた》りかな……車から降りて表札を確認する。間違いない、僕が教えることになった生徒の苗字だった。鼓動が高鳴る。家のチャイムを押そうとしたら、犬がギャンギャン吠えてきた。ためらわず、顎を使ってチャイムを押した。玄関のドアが開き、メガネをかけたおとなしそうな男の子が出てきた。とっさに僕の生徒だとわかり、自己紹介。そして、家の中に通された。

生徒の部屋の中。自分のことについて少し話をした。

「先生は両手を事故でなくしてしまっているので、その代わりに足を使って字を書いたりします。びっくりするかもしれないけど、よろしくね」

生徒は、はにかんでニコッとして「はい」と。こうして家庭教師のバイトが始まった。

家庭教師の授業はたいてい一二〇分。一時間みっちりと授業をやって、一〇分休憩して、残りの時間にまた授業を始める。学校の授業でわからなかった部分を詳しく教えて、定期試験で良い点数を取ってもらうことが家庭教師の役目だった。

「先生、これってどうやって解くの?」

僕の教えられる教科は中学校と高校の英語と数学。生徒がわからない問題の解き方を紙に書いて教え、問題集を使って同じような問題を解かせる。休憩時間になると、生徒のお母さんが飲み物とケーキを持ってきてくれた（もちろん、何も出してくれない家もあったが）。また、休憩中の会話も楽しいものだった。学校のこと、趣味のこと、部活のこと、好きなテレビ番組のことなど。

「昨日のワールドカップの試合見た?」と僕。

「見た見た。中田のあの同点ゴール、超すごかった」

「なあ! あれは先生も鳥肌が立ったよ。それでロスタイム終了ギリギリにまた点数を入れちゃうんだもん」
話題は尽きなかった。

さて、待ちに待った初給料日がやってきた。銀行振込みだったが、ちょうど振込み日は大学の授業があった。そのため、後日、授業が早く終わった日にATMへ行って通帳記入をした。ツツツツツ、ツツツツツ、ウィーンガチャン

真新しい通帳の一段目に、振り込まれた金額が印刷された。その金額、およそ一万円。自分の力で稼いだお金。当時の僕にとっては大金だった。そして、この初給料で、長年やりたかったけど、できなかった小さな夢が、ようやく実現する。

その小さな夢とは……家族に「ごはんをおごる」ことだ。両親と兄弟を誘って食事に行った。味噌ハンバーグがすごく美味しい、地元のレストラン「長島」に決めた。今までたくさん迷惑をかけた両親に伝えたかった。

僕も一人で稼ぐことができます。安心してください。
そして、これまで本当にありがとう。

父も母も、兄弟も、ハンバーグやトンカツ、海老フライを食べていた。いつもよりも、

美味しそうな顔をして。

「この味噌ハンバーグ、ショウガが入っていて、さっぱりして美味しいね」と母。

「でしょう。この海老フライもサクサクで美味しいよ。食べてみな」と僕。

食べ終わると、気が早い父は会計を済ませに立ち上がろうとした。

「今日は僕のおごりって言ったじゃん！」

「いいよいいよ。父さん払うから」

「ダメ！今日は僕のおごりなんだってば！」

自分の財布を父に渡す。父はそれを受け取ってくれた。

ああ、やっぱり父さんに払ってもらえばよかったかな……そんな後悔も遅く（今考えると小さな男だ）、僕の財布から六枚の千円札が抜き取られた。

「五六八〇円です」


働くって、こういうことだったんだ……今までに想像したことのない喜びが、僕の胸にあふれた。自分が嬉しいのはもちろんだけど、人に何かをごちそうしたり、買ってあげたりすることもできる。初めて給料をもらったときは、きっと誰もがこういう気持ちになるのだろう。この日の気持ちを忘れないようにしようと、家族の笑顔を僕は一つ一つ目に焼きつけた。

憧れの自動車免許！

そして、三つ目に僕がやりたかったこと。それは、車の免許を取ることだった。「裕治が大学に入ったら、車を買ってやる」と、以前から父は約束してくれていた。

大学に入学した年のゴールデンウィークだったと思う。父に連れられ、名古屋港にある大きなアリーナで催《もよお》されていたバリアフリータイプの車の展示会を見に行った。

そこで出会ったのが、足で運転ができる車だったのだ。

僕は自転車に乗れない。

小中学校の頃、自転車に乗れなくて、必死に走ってみんなについて行った。走って走って、彼らの背中を追いかける。

「ちょっと待ってぇ！」

息が切れて、背中に向かってそう叫ぶ。キキーッとブレーキの音がして、ちょっと面倒くさそうに振り返る友達の顔。ごめんごめん、と僕は小走りに追いつく。笑っていいのやら、泣いていいのやらわからない、もやもやした気持ち。何度そういう場面を過ごしてきたことだろう。自転車に乗れたなら、友達にこんな顔をさせなくても済むのに……。

大都会の真ん中にいる子どもはまた事情が違うかもしれないけど、僕のようにちょっとでも都会とずれた場所に住んでいる子どもにとって、自転車は、友達を作るときになくてはならないツールだ。あの頃自転車に乗れたなら、行動範囲はもちろんのこと、友達の輪だってもっと広がっていたに違いない。そして何よりも、「風の中を走り抜ける」という言葉の感じがわからなかった。

そんな僕が車に乗れる！

夢のようだった。車に乗れたなら、僕は一人でどこにだって行けるようになる！　アルバイトの初給料とはまた違った感動があった。子どもの頃、何度も何度も死にたいと思ったが、死ななくて良かった！　そんな感情すら沸いてきたのだ。大人になると（正しく言えば一八歳だが）、こんなにたくさんの「できること」が待っていた！

一九九九年、大学一年のとき。足で運転できる車を父と見学に行って、さっそく改造してもらうことになった。車種はホンダのシビックで二〇〇万円くらい。改造部分は、内装をちょっと見ただけではわからなかった。サイドブレーキ、ギアチェンジ、ウインカー、窓の開け閉めをするボタンなど、少し残った左手と、足や膝で操作できるようになっていた。

そして一番大きな改造は、足でハンドル操作ができることだ。どのように運転するのかは後で説明するが、この改造費がとても高かった。なんと、およそ一五〇万円。国から数十万円の補助はあったが、はっきり言って、全然足りない。一台の車を買うのに高級外車並みの値段、合計三五〇万円もかかってしまった。

その改造車を教習所に持ち込んで、免許を取ることになった。しかし、地元の教習所は「前例がないので教えることは難しい」と、最初は取り合ってくれなかった。せっかく大金をはたいて車を購入したのに、免許が取れなくては意味がない。

またもや門前払いである。

でも、僕も父も、もうこの頃になると「前例がない」などという言葉ではちっとも動揺《どうよう》しなくなっていた。

「前例がない？　ああそうですか、それが何か？」

という感じだ。前例がないのなら作ればいい。それが、僕と父が一緒に歩いてきた人生のルール。その後も、何度か頼み込んで、僕に運転を教えてくれる先生を見つけた。

そして大学も夏休みに入った七月中旬、教習所に通い始めた。

「早く車を運転したい！」

大学一年の夏休み。僕は、アルバイトと教習に明け暮れた。

学科のほうは一日に取れるだけ授業を受け、実技の運転も時間が許す限り授業を取った。

そして、一番初めの仮免《かりめん》の試験。「落ちる奴はおらん！」と兄に言われてはいたものの、心配性の僕は徹底的に問題を解きまくり、ほぼ満点で合格した。実技も楽勝だった。

足で車を運転する？

どんなふうに運転するのかわからないと思うので、少し説明したい。車の外見と中身は巷《ちまた》で走っているものとほとんど変わらないが、まずハンドル操作が違う。運転席の左足の所に自転車のペダルのように、後ろや前に回すことができるものがついている。このペダルはハンドルとつながっており、ペダルを前に回すとハンドルは右に、逆に後ろに回すと左に回る仕組みになっている。そして、右足にはオートマ車と同じアクセルとブレーキがついている。大きな違いはこのハンドルの部分。あとは、左手で引っ張るとサイドブレーキがかかったり、ボタンを押すとシートベルトが前に出てきたり、ウインカーは右足の膝で変えられるように工夫してある。すべて足で運転する車なのである。

いよいよ路上教習。緊張しながらも、少しずつ免許取得に近づいていると思うと嬉しくてたまらなかった。

「ちょっとちょっと！　スピード出しすぎ！！」

と、よく教官にブレーキをかけられた。生まれながらのスピード狂の血が騒いだらしい。

そして僕は、およそ一ヵ月と一週間で免許を取得した。

今までは、歩くか、走って行ける範囲までしか自分一人では行けなかった。行けても数キロ先まで。その先は親や友人を頼らなければならなかった。でも、免許を取得した今は違う。好きなときに好きな場所に飛んで行ける。自由を手に入れたのだ。通学はもちろん、アルバイトへも、買い物にだって。そう、突然一人で海を見に行きたくなっても、ふらっと行けるのである。

世界が広がった。

あれから九年。走行距離は九万キロを超えた。一番遠くで、和歌山県まで車を走らせた。友人と本場の和歌山ラーメンを食べるためだけに。

一度は交差点で事故を起こしてしまい、運転できなくなってしまったこともあった。僕の場合は代車がなかったので、そのときに車を運転できるありがたみを感じた。このシビックとはいろんな思い出を分かち合ってきている。命の次に大切なものと言っても過言ではない。毎日の通勤だって、もちろん一緒。これからもいろんな場所へ、こいつと一緒に走っていくだろう。

どこに行こうか?

行き先も決めず、遠いところへ行きたい。自然がたくさんあるところがいいなあ。富士山なんていいなあ。

僕の常識、世間の非常識

とある洋服屋での出来事。

「おまえ！　人の商品に何してくれるのじゃ！」

突然、怒声《どせい》が飛んだ。誰に向かって言っているのだろう？　見回すとそのお店には、僕と友人の二人しかいなかった。怒りで顔を真っ赤にした男が、僕のほうを向いていた。

「？」

なぜ、自分が彼の逆鱗《げきりん》に触れているのか理解できず、その場に立ちすくんでいた。一緒にいた友達も、ぽかんと不思議そうな顔をしている。


僕はファッションに興味がある。

服、靴、カバン。自分に合ったTシャツとかシャツなんかを見つけると、興奮して、欲しくてたまらなくなる。白、黒、青。シンプルな柄が好き。シャツは三十枚くらい、Tシャツもそれ以上持っていると思う。学生時代のバイト代も、今もらっている給料の大半も、衣服費に消えた。デザインが気に入ったら買ってしまう。ボタンは留められるの？　と不思議に思う人がいるかもしれないが、ふつうの人が手でボタンを留めるのとほぼ同じスピードで、僕は足の指と口を使ってボタンを留めることができる。

でも、困るのがズボンである。ベルトができない。だから高校生のときまでは、制服の代わりにジャージを履いたり、ズボンにゴムをつけたり、サスペンダーをつけたりしていた。でも、大学生になって、かっこいいジーンズをはきたい！　と思うようになった。どうすれば履けるのか？　悩みに悩んで、ウエストの大きめなズボン（裾が細身なタイプを選んで）を購入し、ベルトの部分に太めの黒いゴムを通して履くことを思いついた。少し窮屈ではあったが、試行錯誤《しこうさくご》して、おしゃれに着こなすことができるようになったと思う。

授業がない日は、よく一人で名古屋まで買い物に行った。お気に入りの店は何軒かあったが、ちょっと冒険をしたくて趣味じゃないお店も時々見て回った。

その日は友人の小野田君と買い物に行き、アーミー系の服や小物を扱っているお店に入った。そこで事件は起こった。

ちょっと気になったジャケットがあったので、小野田君に広げて見せてと頼もうとした。しかし、彼は自分の買い物で一生懸命な様子。邪魔《じゃま》するのも悪いから、靴を脱いで、そのジャケットを足でつまんでサイズや値札を確認しようとした。そのときに怒声を浴びたのだ。

「おまえ！　人の商品に何してくれるのじゃ！」

ビクッとして、心臓が止まるかと思った。

入り口に立っていた店員がこちらを睨《にら》みつけていた。

数秒考えて、彼の怒りの矛先《ほこさき》がわかった。僕だ。

「すいません。ちょっと手が不自由なものなので、商品をよく見たかっただけなんですが」

「そんなの関係あるか！うちの商品に足で触るとはなんだ！」

「ですから、手が使えないので」

「関係ないわ！」

おっちゃんの声が、さらにすごみを増す。一触即発《いっしょくそくはつ》で殴られそうな勢い。これはもう、話しても無理！　逃げろ！　友人と猛ダッシュで走った。

胸がドキドキした。息を整えるが、胸のドキドキは一向におさまらない。おっちゃんの声が頭に響いて離れない。はあ、はあ。怖い。胸が苦しい。

「なんだあれ？　大丈夫か、ゆーじ？」と小野田君。

「うん、大丈夫、大丈夫」

「気にせんでいいぞ。二度と行くか！　あんな店」

それから数日間、あの怒声がずっと頭から離れなかった。

足で商品を触る＝非常識。でもやっぱり、納得できなかった。

「足蹴《あしげ》にする」

「土足で踏み込む」

「足を引っ張る」

「足をすくう」

こうした日本語の表現を見ても、確かに「足」というのは、人に対して、どこか失礼な感じのニュアンスが昔からつきまとっている。


でも、僕の「足」は、「手」なんだ。

傍《はた》から見たら、商品に足で触るなんて汚いし、無礼だし、非常識なことである。しかし、僕にとってはこれは「足」ではなく「手」だ。手で触って何がおかしい？　店員の立場も理解できる。もし、立場が逆だったら同じことを言うかもしれない（すごみは出ないだろうけど）。でも、僕はあのジャケットを買おうかと本気で検討していたし、僕の事情も理解して欲しかった。

今でもよく、お店に行って足を出すことがある。だけど、あのときのおじさんの声がいつも聞こえてきて、すぐに引っ込める。胸が苦しくなる、汗をかく。深く身体に刻まれてしまったようだ。

引っ込み思案の僕が講演活動⁉

「小島！　おまえ、自分の障がいについて大学生に話をしてみないか？」

大学二年生の頃、体育の黒田教授にそう言われた。四十歳過ぎ、小柄だけど、声が大きく、そのみなぎるパワーは、僕らをいつも圧倒させる。僕は一瞬、目をパチクリしてしまった。

自分の障がいについて話をする。

今までは、どちらかというと、障がいを隠してきた。人目につかないように、誰にも見られないように人目を避けて生きてきた。手がないことが最大のコンプレックスであることは、四歳から今まで変わらない。できるならば隠したいことの不動の一位。

「やーいやーい手なし人間！」

「ゆーじと遊んでいてもおもしろくない」

「前例がないのです」

いろんな人に傷つけられてきた。大学生になりアルバイトもできて、車の運転もできて、ずいぶんと自由になれて、強くなれた。だけど自分が傷つくような出来事は、これからだってたくさんあるだろうし、それを一つでも避けて通りたい、という思いは変わらなかった。

それには、ある一定の距離からは人と関わらなければいい——傷だらけになった少年の頃の僕が学んだ、一番簡単な自分を守る方法。でも、大学に入って自分を必要としてくれる友人に出会い、家族の優しさをより深く理解して、少しずつ人に心を開くことができるようになってきた。

だけど、自分のことを話すって？　それって、講演をするということでしょう？　引っ込み思案《じあん》のこの僕が？　無理無理無理。絶対に無理だ。

今でも覚えている。小学校二年生のときのこと。「帰りの会」で毎日一人ずつ、一分間のスピーチをしなければいけなかった。月一くらいのペースで自分の番が回ってくるのがいやだった。ああ、なんで先生はこんな変なことを思いつくんだろう！　人気のある子やギャグがおもしろい子だけにやらせればいいじゃないか！　スピーチ前日は夜眠れず、内容を何度も何度も繰り返し、独り言のように頭の中で話して、暗記した。しかし、スピーチ本番ではいつも頭が真っ白になって、驚くほど早口になってしまった。それはそうだ。自分の存在を隠し続けたいと思っている子どもが、人前でおもしろく話すことなどできるわけがない。

そんな僕が、何十人もの大学生相手に自分の話をする――でも一方で、これはチャンスかもしれないと思えた。黒田教授は、僕にチャンスをくれたんだ。できないからこそ、苦手だからこそチャレンジして克服《こくふく》してみよう。車の運転だってできるのだから、あがり症くらい！　と自分の背中を押す。

「講演やります」

「そうか、やってくれるか！」

黒田先生は、待ってましたと言わんばかりに白い歯を見せていた。僕の背中を大きな手で、「頑張れよ」と思いっきり叩いて行ってしまった。元気すぎる先生だ。

初めての講演は、なんと自分が大学受験で受験したことのある（そして合格通知ももらった）名城《めいじょう》大学だった。試験当日に僕の試験監督をしてくれた教授が、黒田教授と友人だったらしく、そんな縁で講演を頼まれた。

大学一年生の二百人ほどの生徒を相手に話をした。

「自分のことを話す」

改めてそう言われると、何を話したらいいものか、悩む。今、自分の生活すべては自分にとっては当たり前のことで、自然なこと。でも、正直に言うと、過去を振り返ることがつらかったのだ。胸が引き裂かれる思い、苦しい思春期。誰にも話したくない、誰がこの思いを理解してくれるのだ？　思い出すと、頭がズキズキと痛くなった。

しかし、講演の依頼を正式に承諾《しょうだく》してしまった。もう後には引けなかった。講演日まであと数日。気持ちを切り替えて内容を考えなければいけなかった。

「話してみよう。ありのままのことを。いつまでもこの苦しい気持ちにフタをし続けることは、つらすぎる」

僕は恐る恐る、パソコンのキーボードを足で打ち始めた。大学に入学してすぐに両親が買ってくれたデスクトップのパソコン。毎日のようにインターネットのチャットをして覚えたタイピング。文章を打つことはもはやたやすいことだった。

交通事故のこと。

初めてのリハビリで、足でスプーンを持つ練習をしたこと。

普通学校の入学を何度も拒否されたこと。

小学校に入学して、いやなこともいいこともいろいろ経験したこと。

中学校と高校では自分の障がいに劣等感《れっとう》を持ち、苦しい気持ち抱えていたこと。

誰にも話したことのないことをつらつらと書き出していった。家族にすら言ったことがない戸惑い、悲しみ、そこから学んだこと……フタをしていた感情が、どんどん言葉を伴ってあふれた。気がついたら、びっしり三枚分もの原稿ができていた。……だけど、こんな話で学生たちは喜んでくれるのだろうか？　障がい者のただの愚痴《ぐち》と取られたらどうしよう？

そもそも、僕に興味がある人なんているのだろうか？　想像がつかないことが多すぎた。拍手が欲しいわけではない。批判が出ても構わない。でも、せっかく皆さんが集まってくれるのだから、「無駄な時間を過ごした」とだけは思われないようにしよう。

そして、いよいよやってきた講演当日。朝からお腹が痛かった。緊張して、よく眠れなかった。朝食も喉を通らず、青白い顔をして家を出た。それでもまだ、逡巡《しゅんじゅん》している僕がいた。突然、大嵐がやって来ないだろうか？　そんな子どもっぽいことさえ考えた。しかし、ドタキャンすることは不可能。「やる！」と決めたのは自分。責任を取らなければならなかった。もう、大人なんだ。

体育館のドアが開かれ、僕は壇上に誘われた。ざわめいていた会場が、一瞬にして静かになった。たくさんの視線が静かに僕を迎え、追いかけてきた。およそ三〜四〇人の生徒が、体育館で体育座りをして待っていた。頭が真っ白になった。なんでここにきちゃったのだろう！　やっぱり人前では話せない！　汗がタラタラ出てきた。

でもやるしかなかった。教授や、ここまで応援してくれた人たちをがっかりさせるようなことだけは、するまい。深呼吸をして、原稿を読み始めた。

「はじめまして。名古屋外国語大学二年の小島裕治です。僕は四歳のときに交通事故で両腕をなくしました。それから今までいろんな苦労を経験してここまで生きてきました」

およそ三〇分。講演は終わった。静まり返る体育館。そしてたくさんの拍手が聞こえてきた。ただ原稿の文字を追うことが精一杯で、学生の顔を直視できなかった。

恐る恐る会場を見渡すと、すべての学生がこちらを向いて拍手をしていた。ここに入ってきたときに感じた、好奇心だらけの視線はもうなかった。

やり遂げた。その温かな拍手の音が、今の僕を、消し去りたいと思っていた僕の過去と向かい合わせてくれたのだ。心の中で何かが溶けて、言い表せない爽快感《そうかい》で胸がいっぱいになった。しかも、思いもしなかったサプライズも待っていた。

後日、講演会を聞いてくれた学生から感想文をもらったのだ。

「小島さんの話を聞いて勇気が沸きました」

涙が出てきた。悔し涙は今まで、数え切れないほど流れていたけど、こんなに温かくて、いつまでも流していたいと思える涙は、初めてだったかもしれない。

人生はおもしろい。

不動の一位である僕のコンプレックスが、一番の宝物に変わる瞬間も、ある。


そして名城大学での講演後、今までおよそ八〇回近く講演をした。小・中・高校の学生だけではなく、多くの保護者や地域で暮らしている人たちにも、自分の障がいを話してきた。

奇跡の人、と呼ばれたヘレン・ケラーは言っている。

「障がいは不便であるが、不幸ではない」

何不自由なく暮らしてきた人たちの中には、障がいを抱えている＝かわいそう、不幸、何もできない、というイメージを持つ人がたくさんいると思う。

僕は、みんなが考えている「障がい者のイメージ」を自分にインプットさせていたのかもしれない。ほかの誰でもない自分の人生なのに、僕はこのときまで、「かわいそうな人生」というレールを無意識に敷こうとしていたのかもしれない。一つでも多くふつうの人と同じことを、と育ててくれた両親の思いがあったというのに！

自分の話が誰かのためになっている。自分が経験してきたつらいことは無駄じゃなかったんだ。苦手意識を持っていた講演活動で、生きることが楽しくなった。

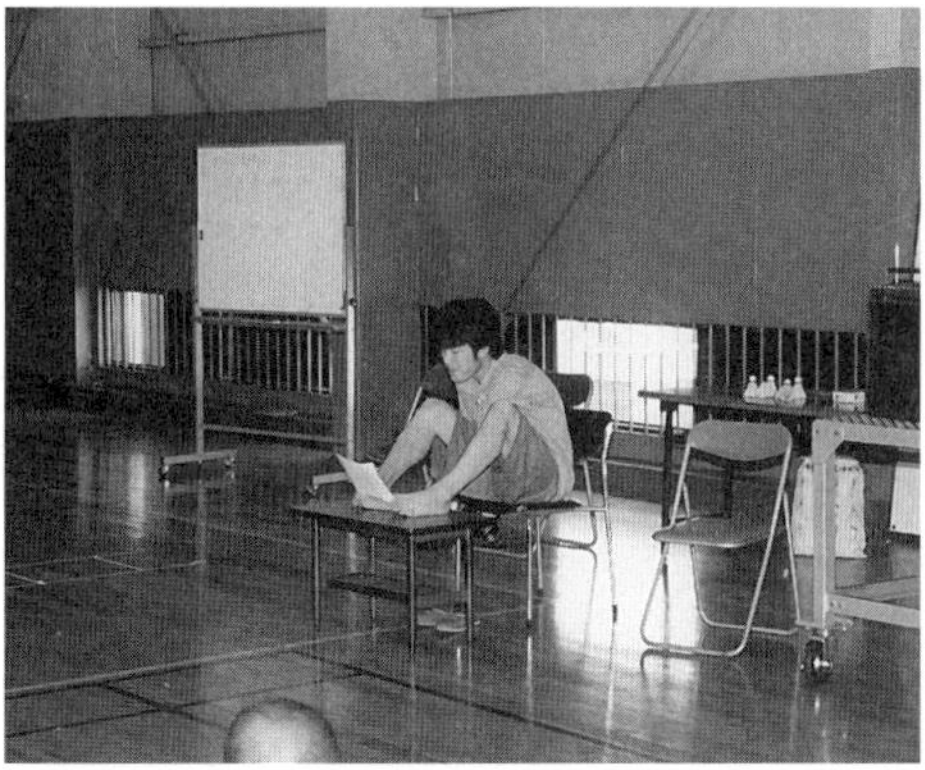

ホノルルマラソンに出る①

「おう小島！　ホノルルマラソンの手続き、おまえの分もしておいてやったぞ！」

キャンパス内で僕に会うなり、黒田先生がそう言った。まるで、飲み会の居酒屋の予約でも取ったようなノリで。耳を疑った。ホノルルマラソン？　なんで僕が？

――名城大学で講演活動をしたとき。黒田先生も一緒についてきてくれた。帰りの電車でおしゃべりをしたとき、ふと先生が、毎年ホノルルマラソンに出場しているということを言った。

「すごいなあ。毎年有名人が走っているあれですよね？　僕もちょっと走ってみたいなあ」

思い出した。確かに僕はそう言った。「ちょっとだけ走りたい」と。

いや、でも、それは、他愛のないおしゃべりの中の出来事で――本音では、走りたくないに決まっていた。そんな気持ちを理解してくれないまま、黒田先生はノリノリ。とんとんと手続きは進んでいた。

ホノルルマラソンは、毎年一二月にハワイのホノルルで行われるマラソンの祭典。日本人のランナーもたくさん出場する。年齢制限やタイムは関係ないので、誰でも参加できる。

二〇〇〇年六月初め。僕は、42．195キロを走りきるための練習を始めた。

「俺、今年のホノルルマラソンに出場するわ」母親に言った。

「はあ？　ほんとに？　嘘なんじゃないの？」

「ほんとだってば。大学の先生に誘われてさ」

「あら、そう。まあ頑張りなよ」

特別驚くでもなく、励まされた。僕の両親は、ちょっとやそっとのことではもはや驚かなくなっていた。

「費用出してやろうか？」と父親。

飛行機代、宿泊代、マラソン出場代、すべて合わせて一八万円くらいかかった。しかし、僕は断った。アルバイトで稼いだお金を貯めていて、二〇万円くらいはあったのだ。

「全額自分で払えるよ。だからお金はいらない」


やると決めてから、毎晩、家のまわりを数キロ走った。休むことなく走り続けた。

雨の日も、風の日も、台風の日だってカッパを身にまとって走った。走り始めはきつかった。運動不足だったし、おまけに二十歳になってからタバコを吸っていたから、呼吸がすぐに苦しくなった。思い切って禁煙をした。もともとなんとなく友人に勧められて始めただけで、いつか止めようと思っていたからいい機会だった。

毎月一回、名城公園で開かれていた練習会にも参加した。ホノルルマラソンツアーに参加するのは、おじちゃんやおばちゃんばかりだった。三十代、四十代のランナーのほうが青春真っ盛りの僕よりも何倍もエネルギッシュなのに驚いた。その中に一人だけ、僕と年齢が近い人がいた。三歳年上の、奥寺さんという女性だ。練習会のたびに話をすることができた。マラソンは孤独なスポーツである。だけど、だからこそ、こうして仲間たちで励まし合うことで、効率が良くなる。

「私の大学の学生で、小島裕治君といいます。今年のホノルルマラソンに皆さんと一緒に出場することになりました」

黒田先生が僕のことを紹介してくれた。

「よろしくお願いします」

公園に集まった二十数名のおじちゃん、おばちゃんランナーに言った。

「お兄ちゃん何歳？」走っている途中、おばちゃんに聞かれた。

「二十歳です」

「あらまあ若いねえ。おばちゃんもね、こう見えてもギリギリ二十代なのよ、はははは」

「そうなんですか？　はははははは」

こんな陽気な人たちと一緒なら、なんとか乗り越えられそうだ。

月一回の練習会と、毎日の個人練習を半年続けた。一回の走行距離は七、八キロだったから、本番の五分の一にも満たない。本当にこんなことで走りきれるのか？　不安はあったが、「なんとかなる！」と思う以外になすすべはなかった。

そして一二月初め。大学の授業を休んで、名古屋空港からホノルルへ。これが二度目の海外旅行だった。一度目は中学時代、家族みんなでグアムに行ったのだ。

マラソンで走ることも楽しみだったけど、ハワイは英語圏なので自分の英語を試す絶好のチャンスでもあった。飛行機に乗っておよそ一〇時間。ホノルル空港に着いた。外に出ると真っ青な空が広がっており、気持ちのいい風が身体を包んだ。

「決戦の地に降り立った」

講演活動もそうだけど、マラソンも苦手意識を持っていた。だから、誰かからの誘いがなければ参加するなんて絶対にありえなかった。最初は黒田先生の暴走（?）に驚いたが、この抜けるような青空の下では、彼に感謝したくなっている自分がいた。やっぱり僕は乗せられやすい性格なのか⁉　意外と。

「自分の殻をぶち破れ！　馬鹿になれ！」

高校時代の先生の言葉がいつも頭の中にあった。

どうしたら殻を破れるのだ？

馬鹿になれるのだ?

いつも考えていた。失敗が怖くて、人に笑われるのが怖くて、人に傷つけられるのが怖くて、逃げてばかりいた。でも、ようやくわかった。

「うじうじと考えている暇があったら動きだせ! 失敗を恐れていても何も変わらない」

考えている時間はない。少しでもやりたいと感じたら、挑戦してみればいい。失敗したっていいじゃないか。一度きりの人生。たくさん失敗して、失敗からたくさんのことを学ぼう。


ホノルル滞在一日目の観光終了。明日のマラソンを前に、街中が活気に満ちて、陽気だった。ホテルにチェックインし、すぐに就寝。そして、翌朝、三時頃に起床。まだ夜明け前だった。ホノルルマラソンは早朝五時のスタートだったので、眠たい目をこすりながら、顔を洗ったり、着替えたり、マラソンの準備を始めた。

今から四二キロを走る。

スタート地点は、老若男女はもちろんのこと、世界中からやってきた、肌の色も、髪の色も違うランナーたち。英語と日本語だけでなく、ときには聞いたこともない言語が飛び交っている。さっきまで赤の他人だった人々が、お互いを励まし合っていた。人と自分が違うことなんて、No Problem！　僕たちは、「走る」という同じ目標を持って、ここにいる。

　身体が徐々に意識し始める。頭からタラリと汗が落ちた。本当に走りきれるのか？　不安と焦りが体中を駆け巡《めぐ》り始めた。黒田先生ほか、ツアーの人たちとともにスタート地点に降り立つ。夜明け前だというのに、大勢の人たちであふれていた。国籍を超えた何万という人だかり。心臓の鼓動がドクドクと聞こえてきた。いよいよスタート。僕は、圧倒されていたのと、緊張で言葉が出てこなかった。

「おう、ゆーじ！　いよいよ始まるな」

「はい」

「なんだ？　緊張してるのか？」

「はい……」

「あっはははは！　そんなガチガチに緊張するなよ。たかが祭りだ。楽しんで走ればいいんだよ」

　また一つ、僕の無謀《むぼう》な挑戦が始まった。

ホノルルマラソンに出る②

パァン！！

ピストルの合図とともに、歓声とも怒号《どごう》ともつかない声が、ホノルルの闇に響き渡った。数万人のランナーが走り出した。この年の参加者は二万六千人。僕が、本当のスタート地点までたどり着くのに一〇分はかかった。

大きな挑戦が始まった。朝の五時。空はまだ真っ暗。朝が苦手な僕だが、目はパッチリと開いて（時差ボケか？）、頭もスッキリと冴《さ》えていて、気分は最高だった。まわりのランナーと歩幅を合わせてゆっくりと自分のペースで走り出した。自分が今、この地を走っていることがなんだか不思議で、さっきまでの緊張がどこへやら、高揚《こうよう》感が生まれた。思いのほか身体は軽い。半年間の練習の成果か。顔が自然と笑顔になった。

「これなら楽勝で走れる！」

そう確信した。しかも、隣には頼りになる黒田先生が一緒に走ってくれていた。心強い味方であり、サポーター。

一〇キロが過ぎた。空が明るくなっていく。朝が来た。僕は下りの道をちょうど走っていて、その下り坂の向こうに、大きく赤々と照った太陽が昇ってきた。

愛知で見る太陽よりも、数倍大きく感じるのは気のせいか？

こんなにもきれいな朝日を見たのは生まれて初めてだった。神々《こうごう》しいって、こういうことを言うのかもしれない。朝日が昇るにつれて、僕の気分も盛り上がってきた。太陽が僕を祝福しているように思えた。まだ、このときは。


一五キロ地点あたり。折り返してくる選手がちらほらと見えた。走り始めて二時間弱。まだ半分も走っていない。僕は、ちょうど海岸線を越え、車のいない高速道路を走り始めた。太陽があっという間にギラギラと照り出し地面と体温を上昇させる。

そんなとき、突然、身体に異変を感じた。足が痛くて、走ることができなくなってしまったのだ。

フルマラソンを甘く見ていた。走り始めは軽快に走ることができ、「楽勝じゃん！」と思っていたのがまずかった。その場にへたり込みそうになった。前を向いた。延々《えんえん》と果てしなく続く高速道路。ズキズキする足を引きずるように歩くが、まったく進んでいる気がしなかった。アスファルトの熱と太陽の熱に板挟みにされた身体が悲鳴を上げていた。とめどなくしたたる汗。どんなに拭っても止まらなかった。ただ立ち止まらず、座り込まず、足を前へ前へ進めて行くしかなかった。

「小島！　お腹すかないか？　バナナ食べるか？」

「トイレに行くか？」

「給水するか？」

とにかく走ること以外に目を向けることができず、会話を楽しむことも、もはやできない。そんな僕を、黒田先生が心配してくれていた。高速道路を折り返し、残すところいよいよ二〇キロ。でも、もう限界だった。足が麻痺《まひ》しているように重いし感覚がなかった。途中の木陰《こかげ》で少し休憩をした。もうダメだと思った。完走できない。

「リタイア」という文字が頭に浮かんだ。さすがにこれは無謀すぎたのかもしれない。でも、ホノルルマラソン出場を決めてから、会う友人すべてに話してしまった。

「俺、ホノルルマラソンに出るんだ！」

「すげえな！　絶対完走して帰って来いよ！」

「当たり前じゃん！　やるからにはリタイアなんて絶対しないよ！」

絶対完走すると、約束していた。やるしかない。

わずかに残っていた力を振り絞って、再び歩き出す。前を向くと、また果てしなく続く道路。ランナーたちのシルエット。向こう側に蜃気楼《しんきろう》が見えるかのような無限の長さ。考えている暇はなかった。とにかく歩くしかなかった。

「自分のペースでいいからな。ゆっくり歩いてでも走りきれ」

と、黒田先生。前を向かず、ただひたすらアスファルトを見て進んだ。自分の白いスニーカーが見えた。右、左、右、左……。前を向かず、下を向いて歩いたのにはわけがあった。前を向くと果てしなく続く道。見ているだけで疲れてくる。だから、今いる地点を、地面を踏みしめて歩くほうがまだ気楽。

人生だって同じだ。果てしなく続く未来ばかり見ていたら、きっと苦しくなる。

高速道路を終えたところで、ゴールまで残り一〇キロの表示が見えた。もう少し、もう少しで完走だ。相変わらず足は感覚を失って、棒切れ状態。気力で歩くしかなかった。いつも手になってくれている、僕の右足と左足よ！　いつも以上に、酷使《こくし》しているのはわかっていた。でも、頼む、もう少し、あと少しだけ僕の言うことを聞いてくれ。足よ、動け。僕の足よ――ゴールが間近に見えてきた。

残り1マイル（一・六キロ）。

その頃には、一緒に走っていた黒田先生もひどくつらそうで、苦しそうだった。でも、僕は残り1マイルの看板を目にしたときに、元気が出てきた。

走りきれる！

「先生！　頑張りましょう！」

先生の背中を左の残った腕で押しながら、走った。足が浮いた。走れなかったのに、足が動き出したのだ。あと一歩。あと一歩。歩みを進めたら、目の前にゴール地点があった。

ああ、やっとこの苦しみから解放されるんだ。


六時間五〇分。
42．195キロ完走。
太陽も、風も、走り終えた仲間たちとの抱擁《ほうよう》も、すべてが温かく、僕は幸福の中にいた。

苦しんだ後にしか味わえない、お金では買えない、幸福の中に。

今、この瞬間が、すっげ～シアワセ！

78

Starting over ―終わりは始まり―

真夏の炎天下。

僕は仰向けに倒れ込んでいた。太陽の光がまぶしく、そして、心地良かった。寝転んでいた芝生はみずみずしい青い匂いがし、時折吹く風が身体の熱を冷ましていった。夢を見ているような心地で、完走したという実感が、沸かない。夢と現実が、半信半疑だった。

走っている間はまったく空腹を感じなかった。だけど、目の前にカレーライスとスパゲティが並べられると、瞬《また》く間に平らげた。相当お腹が減っていたのだ。嬉しいことに、マラソンツアーに参加した人全員、完走を果たした。夜は祝賀会。僕は一足先にホテルに戻り、シャワーを浴びて、眠りに落ちた。一瞬で。

ふと目を開けると、窓の外には真っ赤な夕日が海に沈もうとしていた。こんな太陽を、最近どこかで見たような気が……。

そうか、やっぱり僕は夢を見ていたわけじゃなかった。太陽は、僕の今日一日を始めから終わりまで見届けていてくれた。少しずつ完走したという実感が沸いてきた。

そしてあっという間に夜になり、ツアーのみんなと祝賀会。大いに飲んで、盛り上がった。こんなにも美味しいビールを飲んだことは、未だかつてなかった。ある人が言っていた。「働いた後の一杯が最高の一杯」と。だから僕はこう言いたい。

「四二キロを走った後の一杯は、人生で一番の一杯」

祝賀会が終わった後、僕と黒田先生と、奥寺さんとホテルの部屋で飲み直した。奥寺さんはずっとマラソンをやっているだけあって身体は細く、髪の毛は茶色のショート、目はパッチリしていて、笑顔が素敵な女性。いろんなことを話した。僕は走る気はなかったのに、先生にだまされて（？）走ることになったこと。大会当日は「楽勝」と思ったけど、途中で足が動かなくなってしまったこと。マラソンは、僕が思っていたよりも何倍も奥が深い、魅力的なスポーツだということ。そうそう！　走っている途中、奥寺さんに折り返し地点で会って、

「終わったらキンキンに冷えたビールで乾杯しようね！」

と、約束したこと。黒田先生は顔を真っ赤にしてニヤニヤ笑っていた。奥寺さんも、愉《ゆ》快《かい》そうにニコニコしていた。それを見て、僕も笑った。夜も遅くなってきたし、疲れていたので、それぞれの部屋に戻ることにした。黒田先生も奥寺さんも、「おやすみ」と、言って僕の部屋を出て行った。

なぜか無性に寂しさを感じて、いや、そうではなくて、もっと奥寺さんと話がしたくて、彼女の部屋まで送っていった。「部屋まで送るよ」。そう言うのが精一杯だった。鼓動が高まっていた。ハワイの気候のせいなのか、美味しすぎたお酒のせいなのか、それとも……。海からの風が心地いい、奥寺さんの部屋のベランダで酔いを覚ましながら、話をした。

「小島君、良かったね、黒田先生に会えて」と、奥寺さん。

「ほんとにね。自分がホノルルを走るなんて、まったく考えてなかった。それに完走もできるなんて」

「完走したこともすごいけど、小島君はなんでも足でできて、すごいよね」

社交辞令《しゃこうじれい》ではなく、心からそう思っているというふうに僕の顔を見た。

「そう？　僕にとってはこれがふつうだから。ふつうの生活をしているだけなんだ」

「バスの中で写真を撮っていたでしょ？　あれ？　どうやってシャッターを押すのかなって、興味津々《きょうみしんしん》で見ていたの。そしたら、足を手のように使っていて」

「いやいや」

「小島君は手がなくてもなんでもできるんだね。小島君と出会って、まだ少ししか一緒の時間を過ごしていないけど。小島君、障がい者には見えないよ」

涙が出そうになった。一度死んで、手がある自分になって生まれ変わりたいと何度も思

っていた。何もできない自分。自分の苦しみを本当に理解してくれる人などいない。まして
や、恋愛や結婚なんて、一生無理かもしれない――そんな思いが、初めて、救われた。奥寺さんの言葉で救われた。

「小島君のこと、障がい者には見えないよ」

やっぱり僕は単純なのか⁉

でも、そう言われても、別にいいや。彼女のことが好きになった。中学生の頃の初恋のようなぼんやりした思いとは違い、もう少し確実な言葉を持って、「好き」だと思った。完走した充実感と生まれたばかりの片思いの気持ちを抱え、僕は帰国した。

ニュージーランド① 失態

フルマラソンを完走した僕は、これからは、すべてがうまくいくと感じていた。

「今までの自分とはさようならだ。これからは新しい人生を歩みだすぞ!」

そう自分に言い聞かせた。

帰国して数週間、何度も奥寺さんとメールのやりとりをしていた。何度も食事や映画に誘ったが、返事はなかった。でも、あきらめきれず、勢いで電話をして、告白した。僕の初めての告白。たった一言、「好きです」と。しかし、振られてしまった。奥寺さんには彼氏がいたのだ。


失恋とともに、僕の二十一世紀は幕を開けた。

いや、薄々は感じていたことだった。あんなに魅力的な人に彼氏がいないはずがない。だけど、なんとかして振り向いてもらいたくて、何度もメールをした。しかし、次第に返信は来なくなった。ハワイでは、すべてがうまくいくと思っていたけど、やっぱりダメなことはダメなんだ。当時よく流れていたＥＬＴの『fragile』という曲。今でもあの曲を聴くと、胸の奥底でせつない気持ちがよみがえる。

失恋からおよそ一ヵ月後の、二〇〇一年二月。僕はニュージーランドへ旅立った。大学から一ヵ月間の短期留学に参加したのだ。本当は友人と一緒に参加する予定だったが、彼のドタキャンにより一人で参加することに。心細くはあったが、またもや「Let It Be（なんとかなるさ）」という気持ちで参加した。実際向こうで、素晴らしい友人ができたのだ。

「自分の思ったことをスムーズに英語で話せるようになること」

これが僕の留学の目標だった。

中部国際空港からニュージーランドの首都ウェリントンを経由して、パーマストンノースという田舎町へ。ここの大学へ三週間通って、残り一週間を旅行に費やして帰国するという予定だった。一ヵ月という、長いようで、短い滞在。しかし、実家を一ヵ月以上離れる経験をしたことがなかった僕は、寂しさを感じていた。それと同時に、いろんな人に出会える楽しみと期待で胸が一杯でもあった。

三週間通うことになる大学のあるパーマストンノースへ向かう前日。僕たち学生は、首都ウェリントンのホテルに泊まることになっていた。僕はそこで、とてつもなく恥ずかしい事件を起こしてしまった。

ニュージーランドは南半球にあるため、日本の気候と正反対。ちょうど夏が終わり、秋が始まる頃ではあったが、日中は汗ばむほどの陽気だった。汗かきな僕は、自分の部屋に着くなりバスタブにお湯を溜め始めた。向こうではバスタブにお湯を溜める習慣はないのだが、長旅で疲れ果ててしまっていた僕はどうしてもお湯に浸かりたかったのだ。十数分後、お風呂の蛇口を閉めに行った。もちろん足で閉めるのだが、蛇口が固すぎてビクともしない。そうこうしている間にも、お湯はなみなみと注がれていた。やばい。このままでは、お風呂のお湯があふれて、部屋を水びたしにしてしまう！　焦った。とりあえず、この部屋には僕一人。

「そうだ！　留学説明会で友人になった子の部屋に電話してみよう」

電話をかけたが、つながらなかった。焦りが増した。

「こうなったら、フロントに行かなきゃあかんな」

急いでドアを開け、

「あっ」

と思った瞬間、ドアが閉まった。いや、こんな古ぼけたホテルだ、オートロックなわけがないじゃん……が、悲劇は続いた。ドアは閉められてしまい、うんともすんとも言わなかった。鍵がかかってしまった。OH！　MY GOD！　自然とそんな英語が出てしまうくらい、僕の頭はパニックになった。

お風呂のお湯は出ているし、僕は部屋の外。お湯が部屋に流れてくるのが頭に浮かび、さらにパニックに陥った。フロントに走った。階段を二段、三段、いや四段飛びくらいの勢いで駆け上ったり、下りたりした。額に汗をかき、顔を真っ青にさせてフロントのお姉さんに、

「ウォータードンストップ！　ウォータードンストップ！　アンド　キーイズロック！」

（水が止まらない、水が止まらない！　おまけに鍵が閉まっちゃった！）

慌てふためいている僕をしり目に、お姉さんは「またか」とでも言うように、急ぐわけでもなく冷静に、僕の部屋に行き、スペアキーでドアを開け、蛇口をいとも簡単に閉めた。ぎりぎりセーフ！

お湯はあふれていなかった。

今となっては笑い話だが、このときの僕の焦りは言葉では言い表せない。日本を旅立って一日目。最悪のスタート。これから一ヵ月後、無事に日本に帰ることができるのか不安になった。

ニュージーランド② 夢を見つける

「Hi, Yuji!　Nice to meet you!」

人柄の良さそうな、体格のいい、ぽっちゃりとかわいいお父さんとお母さんが目の前に現れた。いかにもハリウッド映画に出てきそうな気のいい白人夫婦。初対面とは思えない、打ち解けた笑顔であった。これから数週間お世話になるホストファザーとマザーだった。とても優しそうで、素敵な家族。子どもはみんな巣立ってしまったそうで、大きな家に今は夫婦と猫が一匹。

ここで僕の新しい生活が始まった。

「食事のときも、お風呂のときも特に不便なことはありません。ただ、外出したときのトイレ、ズボンの上げ下げだけ手伝ってもらえますか？　ほかにも困ることが起きたら、お願いします」

「わかったよ、ユージ。これから数週間だけど、よろしくね」

平日の午前中は向こうの大学で英会話の授業。夏休み中なので、日本人学生だけの授業だった。いくつかのクラスに分けられ、僕のクラスのチューター（教師）は、これまたぽっちゃりしていて、元気があって、パワフルなダイアン。ただ座って受けるだけの授業とは違い、身体を動かして、声を張り上げて、楽しい授業だった。

たとえば、週末にしたことをクラスメイトに話すとき、言葉だけではなく、身体でも表現しなければいけなかった。「I was running in the park.（公園で走っていた）」だったら走っている真似をして相手に伝えなければいけない。恥ずかしかったり、疲れたりしたけど、英語を身体で覚えることができた。今までの教室でテキストを広げて学んでいた英語とは、まったく違う体験。

午後はフリータイム。いろいろなアクティビティに参加した。四輪バイクに乗って丘を走り回ったり、ニュージーランドの人口以上いる羊の毛を刈る体験をしたり、パターゴルフをしたり、ラフティングボートに乗ったり、日本ではできない体験をたくさんした。その中でも、もっとも印象深い体験をしたのは、「小学校訪問」だった。僕の将来を決めた出来事があったからだ。

真っ青に晴れ渡った空の下で、休み時間中の子どもたちはサッカーをしていた。僕たち学生も、子どもたちに混じってサッカーをした。久しぶりに、「サッカー選手になりたい」と思っていた少年時代の血が騒いだ。間違いなく、日本人学生の中で一番はしゃいでいたのは僕だ。数年ぶりにしたサッカーは最高に楽しかった。

午後の授業が始まった。僕たち学生は授業に参加して、自己紹介をした。一人一枚、白い大きな画用紙とマジックペンが配られた。担任の先生に、自分の名前を書いて、自己紹介して欲しいと頼まれた。

いつものように、右足の指にマジックを挟み、白い画用紙にでかでかと自分の名前を書こうとしていた。

小島

漢字で苗字を書き終え、続けて名前を書こうとしたとき、ふと、何かに囲まれている感じがした。変な静寂《せいじゃく》。ふっと顔を上げると、子どもたちが僕のまわりを取り囲んでいた。そして、ある生徒が大きな声でこう言い放った。

「アンビリーーーーーーーバボーーーーーーーーーー!!!!!」

その声の大きさに、鼓膜《こまく》が破れるかと思った。びっくりした! 何々? 僕、何をしたっけ……何が起きたのか把握するまで時間がかかった。

「あ、そうか。僕が足で字を書いているからか。でも、そんなに驚くことか? 僕は手の代わりに足を使って字を書いている。僕には当たり前のことで、そこまで驚かれることがこれまであったか?」

この衝撃は、帰国してからもずっと身体が覚えていた。

そうこうしているうちに春休みも終わって、僕は大学三年生になっていた。そう、そろそろ社会人になることを意識しなければならない。まわりが就職活動を始める中、僕自身はこれから何がしたいのか見つけられずにいた。

そんなとき、あの「衝撃」を自分なりに分析した。そして、初めての講演活動のときのことを思い出した。「小島さんの話を聞いて勇気が沸いた」、「自分の夢をあきらめずに頑張ろうと思った」などの感想をもらった。僕は生きることが苦手だった。だけど、こんな僕の話で誰かの心を動かすことができた。小さな子どもに「アンビリーバボー！」と言わせた。もっともっと自分のことを伝えたい、誰かを励まして、背中を押してあげたい、と思った。そんな仕事とは、なんだろう。

その答えが出るのに、時間はかからなかった。

二〇〇一年四月。僕の夢が見つかった。

教師

ニュージーランド③　DJダレンさんとの出会い

ニュージーランドでの三週間はあっという間だった。日本を離れる前は、「ホームシックにならないだろうか。日本食が恋しくならないだろうか」など、いろいろな心配があった。

しかし終わってみると短く、今まで生きてきた人生の中で一番濃い三週間だった。どうやら、ホノルルマラソンを走り終えてから、風向きが変わったようだ。「考え方一つで性格が変わって、自分のまわりの世界が変わる」って言うけど、本当にそうだ。僕に必要だったのは、「自分に自信を持つこと」だった。

この留学では、英語を話す力をつけただけではなく、たくさんの出会いがあった。ダレンさんとの出会いもその一つ。

ダレンさんは、地元ラジオ局のDJ。数週間の滞在中に、僕はなぜか地元の新聞に紹介された。見出しは「Studen's true grit（生徒の真実の根性）」。少し大げさな題名だ。内容は、両手のない日本人の学生がニュージーランドに訪れて、英語を勉強している。障がいを抱えているが、右足を使って字を書いたり、パソコンのキーボードを操作したり、マフィンだって器用に食べてしまう、という内容だ。「トイレは不自由だが、そのほかの面では何不自由なく暮らしています。将来は英語を使った仕事をしたい」という僕のコメントとともに。その記事をたまたまダレンさんが読んで、「ぜひ自分がDJをしているラジオの番組に出てくれないか?」と、留学先の大学に連絡をくれた。もしこれが、講演会の経験がなかった僕ならば、驚いて断っていただろう。無理無理!　僕がラジオ?　ありえないと。でも、そのときの僕の返事は、もちろん、「YES!」。英語で話さなければいけないプレッシャーがあったのだが、それをくつがえすくらい、ダレンさんに会ってみたかった。

なぜなら――彼も、両腕がないという。

それを聞いたとき、ドキドキした。日本から遠く離れたこの地で、同じ境遇《きょうぐう》の人との出会いが待っている。どんな人生を生きてきたのか?　日常生活はどうしているのか?　聞いてみたいことはたくさんあった。

そして、ラジオ番組収録当日。

ダレンさんは、わざわざ大学まで来てくれた。グレーのTシャツとジーンズ姿、髪の毛は短く、口のまわりには良く手入れされたヒゲを蓄《たくわ》えていた。年齢は三十歳過ぎくらいであろう。ダンディーでかっこ良かった。そして、横には女の人がいた。

「こちらは僕の妻です」

教室で、収録の準備が行われた。僕と同じように、口や足をうまく使ってマイクや機材を準備していた。奥さんも少し手伝ってはいたが、インタビュー中はすべてダレンさんが当たり前のように一人で行い、必要以上に奥さんが手伝うということもしなかった。どこにでもいるふつうの夫婦の光景に見えた。


「Yuji Kojimaさん。両腕の使えない生活で、何か不便なことはありますか？」

「そうですねえ。日常生活で唯一困ることは、トイレに行くことです。でも、それも家族や友人が助けてくれるので、それほど困りはしません」

「そうですか。話は変わりますが、ここパーマストンノースにきて、今、何をなさっているのですか？」

「月曜日から金曜日の午前中は、大学に行って英会話の授業を受けています。午後からは、さまざまなアクティビティに参加しています」

「アクティビティというと？」

「ラフティング（ボートによる河下り）、ゴルフ、バイク、羊の毛狩り、小学校訪問などです」

「なるほど。それでは最後に、自分の障がいをどのようにとらえていますか？」

「個性の一つだと考えています。つい先日のことなんですが、私は町である少年に〝ユージ！〟と呼び止められました。振り向くと、小さな少年がニコニコと笑いかけてくれています。すぐには思い出せなかったのですが、ふと、先日行ったノース小学校の生徒さんであることに気がつきました。何十人もいた日本人留学生の中で僕のことを覚えていてくれたのは、〝手がなかったから〟だと思うんです。この体は、〝誰にも真似できない個性〟だと思うんです」

収録終了。英語がうまく出てこなくて、噛みまくりだった。何度もやり直しをした。でも、ダレンさんとの会話は楽しかった。英語力はともかく、この人と話をしたい、というお互いの思いが通じた気がした。

そして、一番大きかったのは、生きる勇気を与えてくれたこと。

手がなくても、仕事はいくらでもある。結婚できる。笑顔で楽しく暮らせる。両手が不自由でも、DJという仕事もある。声ならば、両腕を使う必要がないから仕事するのに支障はない。だけど、僕には無理だ。僕は声には自信がないから。ダレンさんも、きっと悩みに悩んで、限られた選択肢のその先を模索《もさく》しながら、自分の特技を生かすDJという仕事を見つけたのだろう。

今自分が持っているものを使って、将来どんな仕事ができるのか。そんなことを考えていた。

ありがとう、ダレンさん。あなたとの出会いが、僕に大きな希望をくれました。

ニュージーランド④　無謀の極地!?

1、2、3、バンジー！

次から次へと人が落ちていく。橋から川の水面まで四三メートル。三週間のホームステイ&英会話の授業を終えた僕たち留学生は、世界一高い場所からバンジージャンプができる場所にいた。

「バンジーに挑戦したい人？　やりたい人は私についてきてください」

一瞬戸惑ったが、僕は、ガイドさんの後ろについて行った。

「おう！　ゆーじやるのか！　せっかくきたんだからやらんとな！」

緊張の欠片もない友人の福島君は、僕の背中を思いっきり叩いた。

バンジージャンプ登録事務所。そこには、大音量で、映画『ミッション・インポッシブル』のテーマ曲が繰り返しかかっていた。タッタッタッタ、タッタッタッタ　タラタータラター　タラタータラ……飛ぶ前からアドレナリンが出るのがわかった。順番にみんなが契約書に署名していた。

私はバンジージャンプをしてケガや何かしらの後遺症が残っても、自己責任として認めます――Ｙｕｊｉ　Ｋｏｊｉｍａ

僕の順番がきて、そこでようやく、両腕がないことを伝えた。係りの人は、びっくりした顔をし、そして即座に「ＮＯ！」と首を横に振った。

「今まであなたみたいな人が飛んだことはない。前例がないのです。もし何かが起きた場合に、こちらとしては対処しかねる。一番問題なのが、飛んだ後、川で待っているボートに乗るとき、誘導《ゆうどう》する木の棒をつかむことができない」

海を越えてまで、「前例がない」と言われてしまった。

これは、遊びである。車の免許だとか、学校のカリキュラムだとか、そういうことではなく、あくまでも「遊び」の一環《いっかん》だ。にもかかわらず僕は粘った。そして、あまりの粘りように、係りの人も驚いたらしく、いつしか僕の真剣なまなざしをじーっと見つめていた。

「わかった！　しかし条件がある。あなたは飛んだ後、棒をつかむことができないので、スタッフと一緒に飛んでもらいます」

そして事務所の奥から出てきたのが、なんと日本人！　ヒゲの濃いおじさんだった。なんだ……お姉さんが一緒に飛んでくれるんじゃないのかと少しガッカリ。

日本人留学生は女の子も含め、一〇人ほどが挑戦した。中にはついに飛び出せない子もいて、見ている客からブーイングが飛んでいた。最後だった僕は、待っている間、緊張しすぎて変な汗が出ていた。Tシャツの脇はベタベタしていた。僕とおじさんは、橋のちょうど真ん中に設置された「飛び降り台」に通された。その先には柵も何もなく、橋の向かいに広がるパノラマが一八〇度広がっていた。きれいだなあ……なんて思う余裕はなく、聞こえるのは、自分の心臓の音だけ。

待ち受けていたスタッフが、僕らの足首に、太くて頑丈なゴムのように伸縮するロープをしっかりと巻く。このちょっとあやしい（失礼！）おじさんと運命共同体になるなんて、と、複雑な気持ちになった。

「はい。それでは、前に広がる山を見てください。決して下は見てはいけませんよ。1、2、3、バンジー！　のタイミングで飛んでくださいね」

そのときがきた。命をかけた大挑戦。胃がつるような変な感じになった。

「1、2、3、バンジー！！」

飛べない。怖くて飛べない。でも、飛べなくて日本に帰るのはもっと怖かった。

「1、2、3、バンジー！！！」

あーーーやっぱり飛べない。あれ、うあーーーーーーーーー！

世界が、ひっくり返る。気がついたら飛んでいた。身体が鉛《なまり》になったように、川底に落ちて行った。思考はすべて吹っ飛んだ。残っているのは、気持ちいい！！！！というハイな感覚だけ。

「うわぁーーーさいこうーーーーーー！！！」

何度も何度も叫んだ。川に近づいたと思ったら、ゴムが伸縮して空高く舞い上がる。目の前には壮大な山々。絶景だ。このニュージーランドで過ごした一ヵ月あまりは「さいこうーーーー！！！」な日々だった。

ちょっと前に失恋したことも忘れ、僕は、自分のことを「さいこうーーー！！！」に好きになることができた。

苦悩と挫折と就職活動

大学三年生になり、まわりのみんなが就職活動に向けて動き出した。

僕にはすでに、やりたいことが見つかっていた。


『教師になりたい！』


教師になって、子どもたちに身をもって伝えたいことがあった。

「手がなくたって、自分の気持ちがあれば、やる気があれば、やりたいという心意気があれば、なんだってできるんだ！　僕が足で字を書くように！　なんだってできる可能性を、君たちは持っているんだ！」

そうと決めたら、もうそれ以外の就職活動など僕には興味なかった。

まわりは真新しいリクルートスーツを着て、履歴《りれき》書を書いて、金融、商社、保険など、いろんな企業に面接に行っていた。僕は教員免許を取るための授業を受講し、空いた時間はレポートやテストの勉強に追われた。

「また面接で落とされたわ。俺、就職できんかもしれん。仕事探すのって大変だわ」

ニュージーランドで友人になった吉川君はそうもらしていた。そう、僕らの世代は、不景気真っ只中の、ちょうど就職難が言われていた時期だった。

「でも、俺が目指すのは教師だから、就職難とかってあんまり関係ないのでは⁉」

と楽観的に考えていた僕も、内定を取れずに溜め息をついている彼らを横目に少し焦ってしまった。五体満足な人でさえ内定を取るのが難しい世の中、障がいを持った僕は、もっと不利なのではないか？　漠然と、そんな不安が広がった。

「夢があるなんてかっこ良いこと言うなよ。夢だけじゃ食べていけないよ」

中学時代の同級生に会って話したとき、そう言われた。現実を見ようとしない僕は幼いのだろうか？　そして、僕の自信を喪失《そうしつ》させた決定的な出来事が起こった。

ずっと続けていた家庭教師のアルバイト。生徒の家に出向いて、一対一で勉強を教える。生徒の勉強机で教えることもあれば、茶の間の低いテーブルで教えることもあった。どちらにせよ、字を書いて教えるときには、床に紙を置いて、黒板代わりとしていたから、板書《ばんしょ》に関しては不自由を感じなかった。しかし、学校で教えるとなると……黒板に字が書けなければ教えることができない。話にならない。改めて、そんな大事なことに気がついた。

そこで僕は、自分を試すことにした。塾で講師のアルバイトをしようと考えた。黒板には字は書けない。自分の身長より高い位置に足を持ち上げて書くのは、物理的にできない。だけどプリントを作って、口で教えることはできる。手がある人と、なんら変わることはない……そう信じ、塾講師のバイトを探し、電話をかけた。家庭教師経験が豊富なこと、そしてもちろん、両手が不自由なこともしっかりと伝えた。とにかく一度会って、話をさせて欲しいと懇願《こんがん》し、約束を取りつけた。

雨の日だった。気持ちは高ぶっていた。しかし実際は、自信がなかった。それでも、「なんとかなる！」と自分に言い聞かせて扉を開いた。入るなり、塾長らしき人が現れた。

誰もいない教室。長机と椅子がきれいに並べられ、前にはホワイトボードがあった。

「雨の中大変だっただろう？　まあ、ちょっとそこに座って」

椅子に座らされ、机を挟んで塾長が座った。

「電話でも話した通り、君が塾講師としてここで働くことは難しいと思う」

「わかっています。黒板は使えませんが、プリントを作って、口頭で説明するくらいならできます。いろいろと工夫をして授業をするつもりです」

「君の言っていることもわかる。でもね、塾という場所は勉強をしたいと思って、お金を払っている生徒さんがくる場所なんだ。だから、彼らの要望に応《こた》えられる授業ができないと困る。わざわざきてくれた心意気は認める。しかし、やはり君を雇うことはできない」

「わかりました。ありがとうございます」

ロボットのように、気持ちのこもっていない言葉しか口から出なかった。

「このことにめげないで、頑張ってもらいたい。応援しているよ！」

そんな気休めの言葉なんて言うな――でも結局、こういうことなのだろう。教える側は、生徒の要望にはとことん応えなければいけない。サービスの受け手は、生徒側。僕にはなんら不満はなくとも、生徒側が、手のない先生の授業に不満を感じてしまえば、それはサービスとしては、失格。

とすれば、学校教師も同じなのではないだろうか？　だけど、手があれば、五体満足の先生ならば完璧な授業ができているのか？　あたかもいじめを促《うなが》すような行動を取ったり、度を超した体罰を加えたり、問題発言をしたりする教師は世の中にいっぱいいるじゃないか！　そういう人は先生になれて、見た目だけで僕はふるいにかけられてしまうのか！


外に出ると冷たい小雨がぱらついていた。

傘を持ってこなかった。雨の中とぼとぼと歩いた。なんとなく予測していた結果。止めていたタバコに手を出していた。何もかもうまくいかない。自分に嫌気がさした。やっと自分に自信を持てるようになってきたのに。叶えたい夢を見つけたのに。

「夢だけじゃ食べていけない」

同級生の言葉が現実味を帯びて、頭の中で何度も回っていた。

狂い出した歯車

塾講師の一件以来、無気力になった。何もしたくない。誰にも会いたくない。何もかもに自信が持てなかった。

またあの頃に戻った。自分のことが大嫌いだったあの頃に。

やっぱり教師なんて、無理なんだ。夢なんて叶わない。夢を見るなんてアホらしい。あーあ、なんで今までこんなに頑張ってきたのか、バカみたいじゃん。ようやく大人になって、少しは強い自分になれた気がしていたのに。人は変われるのだ、と思った。思い始めていた。だけど、強く変わってきたはずの自分さえ頼ることができなかった。自分がしたいことができない。

平気な顔してやりたいことを好きにやって、遊びに行って、彼氏彼女を作って、不況だ、就職難だ、と言いながらも仕事先を見つけていた、彼ら。「金融もいいけど、商社も魅力」。「A社のほうが魅力的だが、B社のほうが年収はいいらしいから、B社に決めた」。「東京で働けるんなら働きたい、都心に住みたい」……口々にそうした言葉が飛び交う教室。どの言葉も、とても幸せそうに、羽をつけてきらきらと飛んで行きそうだ。

手がない、障がい者の僕の夢だけ、羽がもげて、ぶざまな姿で地面に落ちる。

そんなふうに認めたくはなかった。認めないように生きることが、僕の生き方だったはず。しかし現実は、容赦《ようしゃ》なく、僕の気持ちを潰した。したいこともできない。したいのに、させてもらえない。だから、いつまでたっても、自分に自信が持てない。

「できないこと」じゃなく、『できること』を見て欲しい、評価して欲しい。

「君が毎週図書館にきて、本を借りていっているのは見ている。本が好きなんだね。だけど、あなたがここで働くとする。高いところにある本をとるとき、戻すとき。できないでしょ？　申し訳ないが、この件は……」

ちょうどその頃、地元の図書館で、アルバイトの募集をしていた。本が好きだった僕は、ぜひ働きたいと思った。しかし、断られた。パソコンなどの事務作業はできる自信があった。エクセルだって、ワードだって。でも、図書館の責任者に断られた。

「できないことがあったら困る」

僕は、働く意欲、いや、生きる意欲をなくしていた。

誰も僕のことを必要としてくれてはいない。僕は、誰かに助けられるだけで、誰も助けることができない。生きる価値がない。


「みんな違って、みんないい」

昔の詩人が書いたそんなフレーズを思い出す。確か、金子みすずだっけ。あるテレビで、小学生にこの詩を教えている授業風景を映し出していた。その詩を黒板に書き出した若い女の先生が、ニコニコとしながら子どもたちを振り返り、こんなことを言っていた。

――いいですか？　人は皆、それぞれ違う個性を持っています。背が大きい子も小さい子も、走るのが速い子も遅い子も、歌がうまい子もへたな子も、いろんな人がいます。でも、どれがいいってわけじゃないの。それがその人の個性だから。みんな違っているから、みんないいんだよ。だから、その人がほかの人と違うからって、いじめたり、差別をしてはいけないいね。わかった？

「は〜い！」

きっと、どこの小学校の先生も、同じようなことを教えているのだろう。もしも今、目の前でそんな授業が行われていたら、僕はこう叫んでしまうかもしれない。

「この先生の言ってることは、嘘だ！　みんな違って、みんないい？　そんなこと、大人たちはちっとも思ってないんだ。ダメなヤツはダメだと決めつける。人と違って手がないから、先生にはなれないって平気で言うんだ。だまされるな！　だまされるな！」

自暴自棄《じぼうじき》。相談できる人が誰もいなかった。明るくて、無謀になんでもチャレンジする小島裕治らしくないこんな暗いキャラを見せたら、みんな面食らってしまうだろう。

大学三年生の春休み。友人たちは就職活動で忙しく走り回っていた。時々送られてくるメールは、「また（就職試験に）落とされた」という内容から、「内定とりました！　やったぜ！」というめでたいメールまでさまざま。

「ゆーじは最近どうよ？　今度の土曜日にみんなで会って飲み会開くけど、くる？」

だけど、僕にはおめでたい話を聞くのも苦痛に感じられた。心からお祝いなんて、今の僕には言えないだろう。

「ごめん。ちょっと用事があって参加できないわ。みんなによろしく」

春休みは二ヵ月もあったのに、何もやる気が起きなかった。深夜二時三時までネットでチャットして、起きるのはいつもお昼過ぎ。いや、一度起きるのだが、予定もないし、布団の中だけが心地良くて、二度も三度も四度も寝ては起きる。昼間は漫画を読んだり、レンタルショップで借りてきた映画を観たり、だらだらと家の中で過ごした。週に三時間くらい家庭教師で外に出ること以外、ほとんど家にいた。出口が見つからなかった。

そんなとき、テレビで「うつ病」という心の病気について放映していた。バリバリ働いていたビジネスマンが急に無気力になり、一日中気分が落ち込んでしまって仕事が手につかない症状。この病気を治すためには、病院の「心療内科」に通って、薬を処方してもらったり、カウンセリングを受けたりして、心を回復させなければならない。

自分を見ているようなVTRだった。でも、「心療内科」って、簡単に行けるような所じゃないと、思っていた。両親にはこれ以上悲しませるようなことはしたくない。小野田君は……こんなこと相談しても「気持ちの持ちようだよ」ってはぐらかされてしまうだろうし。でも、頼れるのは、もはやそこしかなかった。ネットで市内の病院を探して、電話をした。そして、地元の大きな病院に通うことになった。最初に簡単な書類を書かされた。タバコを一日どれくらい吸うのか、飲酒をするのか。それから簡単な深層診断テストを受けた。インクの染みを見て、それがどんなふうに見えるか。

問診の結果、「自律神経失調症《じりつしんけいしっちょうしょう》」と診断された。人と話すだけで緊張して、汗をかいてしまう。そんな僕にとって、医者と一対一で話をするのは苦痛だった。毎回一時間のカウンセリングが終え、部屋から廊下に出ると、汗で濡れたシャツが身体を冷やし、汗をかく自分がいやになった。かえってストレスを溜めてるんじゃないか、と思うことさえあった。でも、次第に——人前で汗をかいてしまうこと。友人だと思っていた子に裏切られたこと。いろんなことをあきらめなくてはいけなくて、つらかったこと。高校受験で失敗したこと。好きな子ができても、気持ちを伝えられなかったこと。特に高校時代、クラスの子とコミュニケーションが取れなかったこと。自分自身が嫌いなこと。最初は、心を閉ざしていた僕だったが、少しずつ、先生に心を開いて、話をした。病気の原因は〝無理して、頑張りすぎて、心の中のモヤモヤを誰にも話さないで生きてきたこと〟だった。

先生は、僕の話を真剣に聞いてくれたし、いろいろと話しかけてくれた。僕がためらっているときでも、じっと待ってくれた。

「そうか。そんなことがあったんだ。つらかったね」

先生は、決して僕のことを否定しなかった。僕のすべてを受け入れてくれた。そのうち、今まで胸の奥にしまい込んでいた、誰にも話せなかったこと、理解してくれるはずがないことを話すようになった。自分のことを認めてくれる人がいる。その存在だけで、とても心が軽くなった。焦らなくていい。不安になってもいい。僕は僕のペースで歩けばいい。

最後のカウンセリング。先生の前で、人目もはばからず、思いっきり泣いた。心に溜まっていた汗を、出せるだけ出した。溜め込んでいたんだ、いろんな苦しい思いを。話せずにいたんだ、悲しい出来事を。わかって欲しかったんだ、つらい思いをしてきたことを。

先生は言ってくれた。

「小島君。頑張らなくてもいいんだよ。無理しなくていいんだよ。君は君のペースでやっていけばいいいんだから」

あの頃からだろうか。つらいとき、悲しいときによく空を見上げるようになったのは。青い空を見上げると、心が落ち着く。宇宙から見たら、自分の存在や悩みなんて、砂粒よりも小さなことなんだ。

嫌いなところばかりじゃなく、もっと自分の良いところも見つけてあげよう。そんなに酷《ひど》い性格じゃないぞ、僕は。人には優しいし、人の話はよく聞くし、気が利くし。悪いところは、頑固なところ、優柔不断なところ、すぐに、手のせいにしてしまうところ。良いところ、悪いところ、すべてひっくるめて自分なんだ。すべてを受け入れよう。

そして、こう結論を出した。

教師という夢をあきらめるのはまだ早い。僕はまだ、夢に向かって何も挑戦してはいない。やれるところまで、やってみよう。

やらずに後悔するよりも、やって後悔するほうが小島裕治らしいじゃないか。

教育実習①　焦りと、自信と

自分が大学院まで行くとは思わなかった。行きたいという気持ちはまったくなかった。しかし、教員免許を取るための単位が足りなかったし、教育実習もまだだった。

「大学院に通いながら教員免許を取得したら？　時間を有効に使えると思うよ」

と教授に言われたことがきっかけだった。学費に関しては、親には迷惑かけるけど、もう少し勉強しようと思った。それに、学校の授業で板書の代わりになる方法を探したいと思った。名古屋外国語大学の国際コミュニケーションコース、英語教育。早期英語教育について研究したいと考えていた。


大学四年生の秋、大学院入学のための試験を受け、合格した。あと二年も社会人になれないという焦りもあったが、入ってみると充実した時間が過ごせた。大学院は思い描いていたように堅苦しいところではなく、気さくでおもしろい人たちの集まりだった。授業も、専門的なことを取り扱いはしたけど、英文法を細かく分析したり、コミュニケーションをメインに教える授業の方法を勉強したりと、興味深いものが多かった。

そして、大学院一年生の九月。三週間の教育実習が始まった。実習先は母校の高校。そう、僕が一番暗かった時代。空白時代の象徴《しょうちょう》である学校だ。

「で、授業はどうやってやるんだ?」

教育実習担当の英語の先生に、いきなり本題を切り出された。

「プリントを自分で作成し、あとは口頭で説明します。OHP(オーバー・ヘッド・プロジェクターの略。教師の背後のスクリーンに画像を映し出す装置《そうち》)などを使って板書をしようと考えております」

「OHPって、たくさん文字が書けないし、早くも書けないぞ。パソコンをテレビにつなげてやってみたらどうだ? 先生が受け持っているクラスは、どこも大きなテレビが置いてあるで」

高校時代、予備校のサテライト授業をその大きなテレビを通して見たのを思い出した。パソコンの画面をテレビに映し出す? そんなことができるのか? 黒板を使わなくたって、パソコンのキーボードを足で操作して板書をすればいいんだ。その手があったか! 一気にうまくいきそうな気がした。一番のネックになっていたことが解消された。

よし、やれる! やってやる! こうして、長いようで短い教育実習が始まった。

教育実習② 短い三週間

僕は、四年ぶりに母校の高校の教室にいた。

かつて、朝から夕方までうつろな目をして授業を受けていた教室。休み時間に突っ伏していた机。だけど僕は今、教壇に立っている。三八人の生徒が静かにこちらを向いていた。

「はじめまして。今日から教育実習生として三週間お世話になります。小島裕治といいます。よろしくお願いします」

生徒の目を見て話せなかった。講演会で少しは慣れていたはずなのに、すごく緊張していた。

「先生！ 先生！ 聞いてる？」

ふと我に返ると、ある生徒がこちらを向いて質問をしていた。生徒の声が右から左へと抜けてしまっていた。

教育実習一日目。職員室での朝礼で挨拶。その後、教育実習の指導教諭でもあり、高校時代英語を三年間教えていただいた河西先生のクラスで自己紹介をした。一日中、先生の後ろに張りついて授業観察。

「お疲れ様でした。失礼します」

先生に挨拶をして、学校を出た。外に出ると、太陽が西の空に落ちようとしていた。家に帰るとどっと疲れが出て、そのまま眠ってしまった。覚えることが多すぎて、気も遣って、クッタクタに疲れてしまったのだ。でも、教師になるための一歩を踏みしめた実感があった。それは、とても心地のいい感じだった。


教育実習三日目。今日は初めて授業をする日。

朝から緊張していた。二時間目の授業だったので、一時間目の授業が終わるのを廊下で待ち、すぐに教室に入った。パソコンとテレビをケーブルで接続をするが、何を間違えてしまったのか、画面にパソコンのディスプレイが映らなかった。チャイムが鳴って、二時間目の授業が始まる。やばい。そんなとき、生徒がテレビをいじってくれ、画面が映った。ふう、助かった。授業初日から、生徒に助けられるなんて。いや、全然良くはない。僕の最初の授業は最悪な結果に終わった。

僕が計画していた教材の半分も終わらなかったのだ。また、河西先生からは、

「声をもっと大きく！　生徒に毎回『ありがとう』は言わなくていいんだよ！」

とお叱りを受けた。

授業二回目。前回の反省を生かして、準備をしっかりした。そしてもちろん、大きな声で。自分で自分を評価するのはおかしいが、前回よりうまくできた。でも、まだまだ声が小さい。

そして、あっという間に二週間が過ぎ、最終週となった。生徒の名前も顔もしっかりと覚え、コミュニケーションも取れるようになり、進め方もコツをつかめてきて、落ち着いて、大きな声で授業ができるようになってきた。

また、現場で教えてみて、僕が教師として将来働く上でのいろいろな技術や板書の方法なども学んだ。僕の授業では、テレビ画面に映し出されたパソコンのディスプレイで板書の代わりをしていた。でも、教室にある黒板も使えないだろうか？　そう考えたときに、あることに気づいた。

「あ！　僕は黒板に字を書くことはできないけど、だったら生徒に書かせればいいんだ！」

この発想から、教科書や問題集の問題を生徒に書かせる方法を思いついた。それに、僕の足は手だ。だからちょっとした単語や、絵ぐらいならば、立ったまま足を上げ、黒板に書けることも発見した。テレビと黒板。もしかすると、ふつうの先生よりも、いろんな可能性を持った授業ができるのではないか？　授業をするたびに自信がついた。

そして教育実習最終日。研究授業。英語の先生だけではなく、ほかの教科の先生や校長先生も授業を見にこられた。教育実習の総決算。週末ずっと授業の準備をして、それでも時間が足りず、授業当日は睡眠《すいみん》不足。それでも、気合いを入れて最後を締めくくらないと！という気持ちで挑んだ。

英語の教材内容は「スパイス」について。コショウ、シナモン、バニラはどこが発祥《はっしょう》の地で、原形はどんな植物なのか。インターネットで見つけた写真をパソコンに取り込み、大きなテレビ画面に映して生徒に見せたり、スパイスが使われている商品を、実際に持ってきて生徒に見せたり、いろいろと工夫をして授業をした。一風変わったこの授業に、生徒たちも興味を持って話を聞いてくれていた。

楽勝だ！　そう思ったとたん、自信が崩れた。

「先生！　Pull down ってどんな意味になるの？」

生徒に質問されて、頭が真っ白になった。調べておらず、言葉に詰まった。

「……ゴメン、先生も調べてません」

気を抜いたとたん、ガタガタッと崩れ落ちた自信。

自信喪失のまま授業は終わり、反省会となった。英語の先生全員が一つの部屋に集合して、僕の授業について意見を述べてくれた。

「生徒が質問に答えられなくても、ヒントをあげて必ず答えさせるようにしていたのが良かったですね」

「パソコンを使って、あれだけの授業をしていたのに驚いた。ふつうに授業をしている先生と変わらない」

というお褒めの意見から、

「声が小さい！　もっと腹から声を出すべき！」

「パソコンを使用しているんだから、もっと画期的《かっきてき》な授業を想像していた。まだまだ改良の余地あり」

という意見まで。

悪いところは悪いところで、受け止めた。反省することは山ほどあった。まだ授業を始めて三週間。新米なんだからしょうがない。これから頑張ればいいじゃん。

こうして研究授業が終わった。


教育実習最終日。河西先生のクラスで最後のお別れ。

「先生はここの卒業生です。私が学生だったときは、自分に自信が持てず、友達もできず、つらい三年間でした。しかし、同じ学校で三週間の実習を終えて、素敵な生徒にたくさん出会い、授業をして、とても楽しい三週間でした。つらい思い出しかなかった学校が、良い思い出の場所に変わりました。本当にありがとう」

生徒からの拍手の後、学級代表が前に出てきて、寄せ書きの色紙を手渡してくれた。

「先生ありがとう！」

嬉しくて泣きそうになった。

たった三週間だけど、教え子たちがこんなに可愛いものだとは！

「先生の授業を受けて、先生の頑張りがすんごく伝わってきました。絶対に教師になってください」

絶対に、教師になってください……学校を後にして自分の車に向かった。気持ちのいい風が吹いて、長袖シャツの袖を揺らした。季節はもう秋だった。

アメリカ留学

大学院は卒業した。しかし、残念ながらというか、やっぱりというか、就職先は見つからず僕はフリーターになってしまった。いくつか探してみたけれど、教師の空きは、どの学校にもなかった。

個別指導の塾でのアルバイトを見つけた。それと、月に一度程度講演活動を頼まれてする以外、時間を持て余していた。だから、忙しくしている友人を見ているとうらやましくてたまらなかった。僕だって、正社員として働きたいのに、働きたい気持ちがあるのに、働ける場所がなかった。

「夢だけじゃ飯は食えない」

また、あいつの言葉が頭を駆け巡る。あきらめるものか。ここでくすぶっていても、しようがない。父親に相談して、語学留学をしたいと頼んだ。学生だった頃からずっとしたかった。でも、私立の高校・大学と金銭的に迷惑をかけてしまっていたから、言い出せずにいたのだ。

「行ってくればいいじゃん！　働き出したら行けへんぞ」

快諾《かいだく》してくれた。できるだけ親に迷惑をかけないように、コーディネートをする会社に頼まず、自分で全部手続きをした。語学学校の手続きをしたり、ビザの取得をしたり、英語の勉強をしたり、時間はあっという間に過ぎた。

そして、二〇〇五年六月中旬。メジャーリーガーの松坂大輔が活躍しているレッドソックスの本拠地《ほんきょち》、ボストンへ渡った。初めての一人での留学。不安や心配がものすごくあった。だけど、

「Let It Be（なんとかなるさ）」

そんな気持ちだった。今までだってなんとかなったんだ。なんとかなる。なんとかする。

向こうではホームステイをした。お母さんと高校生の息子と犬が一匹。そして、日本人の学生が一人。ここまで来て日本語を使いたくない……と決意を固くしていたのだが、彼がいたことで、不安だった留学生活は安心して始めることができた。

月曜日から金曜日までの、朝九時から三時くらいまで、語学学校に通って英語を勉強した。授業の大半を先生のおしゃべりに費やしてしまう最悪な授業から、なんの計画も立てず、テキストを使って適当に授業をする先生まで、いろんな先生がいた。その中でも、ポールという先生の授業は格別におもしろかった。文法を生徒同士のコミュニケーションを通して教えてくれたり、わからない単語や表現を絵に描いて教えてくれたり、そして何より、朝

一の授業でもテンション高く元気いっぱいなところが大好きだった。

週末は学校でできた友人と映画を観に行ったり、ニューヨークに遊びに行ったり、ごはんを食べに行ったり、とても楽しかった。


でも、何かが物足りないと感じていた。

「自分は、夢に向かって進んでいるんだろうか?」

焦りと不安が募《つの》った。


原因は自分にあった。英語力が思うように上がらなかった。できればこっちの大学院で教授法を勉強したいのに、入学できるだけの英語力に全然たどり着かない。学校では英語を使っているけど、学校を出ると日本人の友達としか遊ばず、英語を喋らなかった。両親にお金を払ってもらってまで来ているのに、何をしてるのか。

でも、ボストンに留学したことでたくさんの貴重な出会いがあった。素敵な信頼できる友人ができた。彼らに出会って、人を信じる大切さを学んだ。

小さな恋もした。少しだけ臆病になっていた僕だけど、まだ人を好きになれる。

日本人以外に韓国やスウェーデン、ブラジルの友人もできた。彼らと英語を通じてコミュニケーションができて、自分の良いところを引き出してもらえて、「自分が自分になれた」

気がした。

人の目ばかり気にしていたら、人生がもったいない。それが、アメリカという国が僕に教えてくれた一番素晴らしいことだったかもしれない。


そして、大切なことにも気づいた。

両親という存在だ。こんなに長い間、彼らと別々に過ごしたことはなかった。月に何度か電話したのだが、遠く離れているせいか、電話口から聞こえてきた両親の声はとてつもなく遠く、小さく聞こえた。

「頑張りすぎなくてもいいから、納得がいくまでやってきな」

支えてくれている人がいる。応援してくれている人がいる。その存在に胸を打たれて、知らぬ間に目から涙がこぼれていた。いつもは悪態をついてしまうけど、このときばかりは、両親に感謝してもしきれない気持ちになった。

三ヵ月。頑張るだけ頑張った。でも、もう限界だった。一度日本に帰って頭を冷やそう。悔しかったけど、帰国した。

それでも決まらない就職

アメリカから帰国し、語学力がアップしたからといって、そう簡単に就職先はなかった。

「アメリカから帰国したんだ。で？　今は何をやってるの？」

帰国当初よく訊《き》かれた言葉であり、訊かれたくなかった言葉だった。

理由は……何もしてなかったから。何もしたくなかったから。できれば誰にも会いたくなかった。これってもしかして、ニートってやつか？　またあの頃に逆戻りだ。でも、あの頃の僕じゃない。何かをしたいという思いはフツフツと沸いていた。今したいこと、アメリカでやり残したこと。英語教師になる人のためのプログラム（ＴＥＳＯＬ）を受講して、教え方のスキルだけではなく、英語能力ももっと伸ばしたい。そのためにはもっと勉強をして、プログラムを受講できるくらいの英語の能力テストの点数（ＴＯＥＦＬ）を取らなければいけなかった。

何冊も英語の問題集を購入して、文法、リーディング、リスニングを毎日徹底的に勉強した。朝から晩まで。家で集中できないときは、図書館に行って蛍の光が流れるまでやった。

とにかく、がむしゃらに勉強をした。

ＴＯＥＦＬで五五〇点必要なところを、五二〇点まで取れた。しかし、いくら勉強をしても、それ以上の点数を取れずに伸び悩んだ。

二〇〇六年一月。帰国して三ヵ月が経った。自分で決めていた期限が過ぎた。再び留学しようと考えるのを止めた。ちょっと気分を変える時期が必要だ。

そう考えた僕は、とりあえず働こう！　働きながら今年の教員採用試験の勉強をしよう！　と考えた。家庭教師くらいならできるし、昔働いていた個別指導塾の塾長に頼めば雇ってくれるだろうし。家庭教師を二つ、塾も二つかけ持ちし、平日の夕方から夜一〇時くらいまで働き始めた。このくらい働けば、少しはまとまったお金になる。

昼間は、相変わらず勉強をして英語力が落ちないように努力をした。講演を頼まれれば話しに行ったし、土曜日にはボランティア――小学生に、図画工作や学校では学べないこと（パソコンの解剖、電磁波《でんじは》の危険、空き缶の構造）を教える講座があって、僕はそのアシスタントとしてお手伝いをした。勉強以外のことをしていると、将来のことや留学のことや、いろんな悩みを忘れることができた。しかし、ふとした瞬間に身動きがとれなくなることもある。

夢があるのに、叶う気がしない、できる気がしない。働きたくても、働くことができるような場所を想像できない。一度、バイト先の塾で知り合いになった先生に、こんなことを言われた。

「講演活動をもっとやって将来食べていったらどうなの？」

その頃、月に一回、多くて三回ほど、愛知県内の小中高校で活動をしていた。人前で話すことにもう抵抗はなかった。生徒の役に立つ話をできているかどうか自信はないが、やりがいはあった。でも、手がないことだけを武器に、一生講演活動を続けるのは、限界がある気がしていた。

僕にとって、やっぱり教師以外に、魅力の持てる、やりがいのある、一生続けられる仕事はなさそうだ。その思いだけは変わらなかった。でも、そのときの僕には、一歩を踏み出す自信がなかった。このまま一生フリーターで働き続けようかな。でも、いつまでも親の脛《すね》をかじって生きていくのもかっこ悪いしな。もう、夢をあきらめて、自分にできる仕事でも探そうかな。留学も、もういいかな……全部嘘だった。本当の気持ちを隠すために、必死に自分に言い聞かせようとするための言葉だった。

「小島君さあ。留学も仕事もどっちもしちゃいなよ！　できるからさ、若いうちなら！」

ボランティアでいつも一緒にお手伝いをしていた若山さんにそう言われ、一瞬に頭が切り替わった。

やらずに後悔するな！　やって後悔しろ！

いつも僕の背中を押してくれる言葉が頭をよぎった。そうだ！　やるなら今しかない。アルバイトをしながら、勉強しながら、留学先を探しながら、時間はどんどん過ぎていった。そして僕は、今度はカナダへ留学することにした。僕の英語力も認められ、トロントの専門学校で英語教師の教授法を学ぶために。また一歩、夢が近づいた。

再びの留学――カナダへ

二〇〇六年九月三日。留学先カナダへの出発日。母、妹、甥《おい》、おばあちゃんがそろって中部国際空港まで見送ってくれた。父は仕事で来られなかった。

「頑張っといでね。電話ちょうだいね」

今にもこぼれ落ちそうな涙をぐっと我慢して、みんなにお別れのハグをして搭乗《とうじょう》ゲートへ。もはや家族のそばを離れ、海外に行くことなんてへっちゃらなはず。なのに、なぜかとてつもなく心にぽっかりと穴が開いたように、寂しかった。これから向かう場所には、知り合いは一人もいない。不安なことのほうが多かった。でも、再び、「Let It Be（なんとかなるさ）」と何度も何度も自分に言い聞かせた。今までだって、去年のアメリカ留学だっていろいろ困ったことがあったけど、どうにかなったじゃないか。

飛行機を乗り継ぎ十数時間。トロントの空港に着いた。自分のスーツケースを見つけ、近くにいた人に取ってもらい、全体重をケースに乗せてコロコロコロコロと出口に向かった。その途中、飛行機で隣になった日本人が声をかけてくれ、親切にもタクシー乗り場まで運んでくれた。本当に助かった。よく、欧米人に比べて日本人は他人に冷たい人種だと言われるけれども、僕はそんなことは決してないと思う。

親切な人は国籍問わず親切なんだ。

トロントには三ヵ月間滞在した。教師になるためのプログラムを受講して、卒業した後は自由に旅行をしたいと思った。しかしパソコンなどが入った大きなバックパックに、重たいスーツケースを持ち歩いて転々とするほどの気力はなかった。旅行が大好きな僕だったが、我慢せざるをえなかった。いざとなれば週末に小旅行できるだろうと考えていたし。

今回お世話になるホストファミリーは、カナダ人の三十代の夫妻と、五歳と七歳の二人の男の子。そして、僕以外にもブラジル人の留学生、ケビン（二二歳）がいた。ホストファミリーはとても優しく、洗濯や朝・昼・晩ごはんを作ってくれたのは良かったが、ごはんはどうしようもなく美味しくなく（ごめんなさい！）、変に気を遣われて、なじめなかった。

朝ごはんは冷えたコーヒーとクッキーやマフィンが一個テーブルに置いてあるだけ。お昼ごはんはサンドイッチ一切れ。たまに果物が入っていたけど、一度、青いバナナを食べさせられたこともあった。もしかしたら、お国柄なのかもしれないが、僕には愛情の欠片《かけら》も感じられなかった。晩ごはんはパスタばかりだった。特にいやだったのは、シーフードパスタが二晩続けて出されたときだ。一緒に夕食を食べていたケビンに、

「なあ、このパスタ、昨日も食べなかった？」

「いや？　昨日は俺外食だったもんで」

「デジャヴだって、これ。昨日、美味しくなかったけど必死に食べたのに、またかよ」

「そうなの？　じゃあ食べなくていいんじゃない」

ほかにもホウレンソウのスープは苦くて飲むことができなかったし、味のしないクリームパスタも、よくあった。だけど、ときには僕へ精一杯の気を遣ってくれたのか、二度くらい巻き寿司を作ってくれたことがあった。

「これサリーが作ったの？」

「初めてだったけどね。友達に教えてもらって作ったの」

「すごく美味しいよ！」

なんと、わさびも少し入っていたのだ。

「ありがとう。また作ってあげるね」

ちょっとした会話はあったけど、長く話をすることはできなかった。二人の子どもは可愛かったし、一緒に遊んでいて楽しかった。かくれんぼやゲームをしたり、ふざけ合ってよく遊んでいた。


学校の授業は、教師になるためのプログラムだけあって、実践的でとてもためになった。講義を聞くだけではなく、実際に先生になったつもりで授業のプランを考えたり、プログラムに参加した生徒全員が授業をしたり、緊張する場面もたくさんあった。そんな実践的な授業のおかげで、将来自分が教師として教壇に立っている姿が想像できた。そのことがとても嬉しく、小さな一歩だったが、確実に自分の夢に近づいている気がした。

クラスメイトは九名。日本人五人と韓国人四人で、その内、男は二人だけ。学校の規則で、絶対に母国語で話してはいけないため、学校外でもみんな英語を話していた。

しかし、泣きたくなることも山ほどあった。

授業中、僕は韓国人の女の子二人とグループになって話す機会があった。それぞれ意見を出し合っていくのだが、僕だけ意見が出なかった。

「生徒が解いた問題の答えが間違っていたとき、教師はどのように生徒を正解に導くべきですか？」

といったテーマだったと思う。必死に考えるが、メンバーの二人が、次から次へと答えを言っていくので、その意見を理解するだけでも精一杯で、自分の意見を考える余裕がなかったのだ。

「Hey, Yuji！ Say something.（ユージ！　何か言えよ）」

何も意見がなく、ただ笑うことしかできなかった。

「You are chicken.（ダメな奴だな）」

悔しかったけど、何も言えなかった。その通りだから。僕はチキン。飛べないニワトリ。

今まで真面目に生きすぎた上、人と関わらないようにしてきたから、自由に話し合うってことが苦手だった。日本語でなら多少できるとしても、英語はもっとできない。

なんとか頑張ろうと、発言しようと、できるだけアンテナを高く張っていつも授業を受けていた。でも、そんな簡単にできるものではなかった。そんなことがあってから、なんとなく居心地が悪くなっていったが、休んだらもっと授業がわからなくなる。誰よりも一生懸命、宿題をこなし、授業のプランも時間をかけて考えて、一度も休むことなく、とにかく自分のできることに目を向けて、ひたすら頑張った。休日も返上だ。


とある日の僕の授業。授業中に発言もできない僕は、人前で授業をすることに、とてつもないストレスと緊張を感じてしまった。冷や汗はかくし、目は泳ぐ。こんなんじゃ教師になんてなれるわけがない。

しかし、授業をした後の反省会。僕は救われた。自分の良いところを見つけられたのだ。

「ユージの授業はいつもアイデアに満ちていて、とてもおもしろくて、感心します。緊張しているって言うけど、全然そのようには見えない。一生懸命授業をしていることを感じられます」

僕は自分の意見を言うのが苦手だ。しかし、人の話をしっかりと聞いて理解して、そこから何かおもしろいアイデアがないか考えることは得意だった。意見がないんじゃない。何か言おう、言おうと頑張りすぎてしまっていただけなんだ。ダメな部分を見たらきりがない。

自分が自分を思っていた以上に、クラスメイトは僕のことを見ていて、評価してくれた。一度は僕をどん底に落としたクラスメイトだったが、この発言を機会に、自分のことを好きになれた。

そんなこんなで、カナダでの三ヵ月はあっという間に過ぎた。授業では、さまざまな授業の方法を学んだ。教育実習では、英語を学びにきていた外国人の生徒（日本人、韓国人、ブラジル人、メキシコ人）と触れ合って、英語を教える難しさを感じつつも、生徒が、「わかった！」と目を輝かせて、問題を解いたとき、教える楽しさを感じることができた。自分の授業スタイルも確立できた。大きなテレビにパソコンをつなげなくても、プロジェクターを使えば、どこにでも持ち運べるし、授業ができる。

松坂大輔ではないが、「自信が確信に変わった」のは、カナダに留学したおかげだ。

捨てる神あれば拾う神あり

今までの自分ではなかった。

英語を教えることには誰よりも自信があった。だって、それだけの経験を積んできたのだから。だから必ずうまくいく！　という過剰《かじょう》な自信を持っていた。経験に裏付けられたその自信が面接官にもきっと伝わると思った。

一二月に帰国し、すぐに愛知県にある二つの私立高校の教員採用試験を受けた。どちらも手ごたえはあった。しかし、結果は不合格。一次試験すら受からなかった。せっかく留学して、英語力だけではなく、英語の教師としての教え方のスキルまでとことん学んできたのに、今までと変わらない結果であった。どうして受からないのか。

僕はもはや、ガッカリするというよりも、その理由を知りたくなった。

なぜ僕のことがいらないのか？　なぜ採用しないのか？　漢字三文字だけでは、その理由がまったくわからないから、将来につなげることができない。こんなの、ずるいじゃないか――そう首を傾《かし》げる一方で、いつも不合格になってしまうその理由は、明らかすぎるくらいわかっていた。

両腕がないことは認めるしかない。どんなに考えても、生えてくるわけでもないし、誰かがくれるわけでもない。それに、教えた経験がない。教育実習で三週間教えて、免許もちゃんと取得したとは言え、三週間の実習だけでは教えた経験に入らないのか。そのとき、僕に足りなかったのは、ズバリ「経験」だった。しかし、採用されなければ「経験」は得られない。

でも……正式に採用されなくても、教師として働くことができるのは知っていた。公立の中学校か高校で、非常勤《ひじょうきん》講師として働くことだ。フルタイムには働くことはできないが、教壇に立って教えることはできる。

「よし！　まずは教壇に立って、教える自信をつけよう」

そう思って、行動に移そうとした瞬間、どうしても頭から離れなかったことは、プロジェクターのことだった。パソコンはある。だけどパソコンの画面を映写するためのプロジェクターがないと、意味がない。どこの学校にもあるとは思わない。教育実習のときのように、大きなテレビがあればいいが、公立の学校で大きなテレビがあるところを探すのは困難すぎる。

止まって考えるな。考えながら行動しろ！

アメリカ留学から帰ってきて、英語を独学でガリガリ勉強していたときに、杉村太郎さんという人の本に出会った。彼もまた独学で英語を勉強し、留学をして大学院で学んだ経験がある人。彼の言葉を思い出した。

そうだ！　まずは行動あるのみ。行動しながら考えれば、良いアイデアが浮かぶかもしれない。早速、非常勤に登録する方法を調べる。簡単だった。履歴書を書いて、市町村の教育委員会に持っていくだけ。空きがあれば採用されるし、なければ要請《ようせい》があるまで待つ。自分の家から通える範囲で考えて、自分の住んでいる所と、隣町の教育委員会に履歴書を持参した。どちらの教育委員会も、僕の障がいのことを理解してくれて、教師として働きたい意欲もわかってくれた。しかし、英語の非常勤は足りているので、要請があるまで待っていて欲しいという答えだった。そう言われれば待つしかない。

このとき、ちょうど二〇〇七年一月。四月から教師として働くことができるのかどうか、不安でいっぱいだった。一ヵ月後。返事はなかった。それでも、何度も電話をして確認した。ダメだった。焦りが募った。やっぱりあきらめたほうがいいのかな？　教師には向いていないのかな？　いかん、いかん。あきらめたら、そこでゲームオーバーだ。

やれるだけのことはやっておかないと、後悔する。

それから、また新たに四枚の履歴書を書いて、ほかの教育委員会に持って行った。「たくさん打てば当たる」、そんな発想で、とにかく多くの場所に持って行って、自分をアピールした。

それからまた一ヵ月。返事はなかった。

だけど、大学院時代にお世話になった佐藤先生が連絡くださり、ある高校の非常勤の空きがあるから、試験を受けてみないかと言われた。

「ありがとうございます！　受けます！」

すぐにまた履歴書を書いて、高校に送った。もうどこでもいいから、働きたい。そんな気持ちが日に日に大きくなっていった。

そんなとき、ある中学校の校長先生から電話があった。

「来年度の英語の教師が一人欲しい。一度、話をしに学校にきてくれないか？」

やっと僕にもチャンスが巡ってきた。これは絶対に逃すわけにはいかない。

次の日。気合を入れて学校へ向かった。校長室に招かれ、校長先生と一対一。

「君の教育に対する熱意を語ってくれますか」

僕は、深く息を吸い、それから自分の思いをすべて吐き出した。障がいにも負けず頑張って授業をする姿は、必ずや生徒にいい影響を与えるだろうこと。また、自分にはできないことがある分、教師と生徒の助け合いの中で、支え合って生きることの大切さを知ってくれるはずだ、と。そして何よりも、生徒たちに、自分の手を人を傷つけるために使ってはいけないのだと、僕の身体全体を使って教えることができる、と。

熱い気持ちをすべてを伝えた。ぜひ、ここで働かせてください。

「なるほど。小島さんに時間をあげます。よく考えて、返事をください」

答えは変わらなかった。どんなに考えても変わらなかった。

一週間後、校長先生に電話をした。そして、こう言った。

「来年度から、ぜひ、そちらの中学校で働かせてください」

二〇〇七年四月から一年間、英語の非常勤講師として、安城《あんじょう》市立安城北中学校で働くことが決まった。

働き始める!

初めて教壇に立つ一週間前。とにかくバタバタと毎日が忙しかった。

まずはプロジェクターを買わなければいけなかった。朝早くから名古屋駅前の大きな家電量販店に行って、一日がかりで見てまわり、じっくり考えて、購入して持ち帰った。左腕の肩に紐をかけて運べるよう、店員に頼んだ。重かったので配送してもらえばよかったのだが、どうしても早く家に置いておきたくて、必死に担《かつ》いで持ち帰った。そして、初めての授業で何をするのか考えた。いきなり教科書を開いて授業するような定番の流れにはしたくない。留学先で学んだことを使いたいし、そのほかにも良いアイデアを探そう! 大きな本屋さんに行って、英語教育に関するものを探して読み漁《あさ》った。やはり最初は自己紹介が大事だ。生徒同士、生徒と教師が自己紹介してお互いを知ることができるような、インタビューゲームをすることにした。プリントを作って、授業一時間の流れを考えた。

授業の前の晩。準備できることを完璧にしたつもりだったが、そわそわして眠れなかった。何か忘れ物があるんじゃないかと、心配で眠れない。しかし、気がついたら目覚まし時計がけたたましく鳴っていた。もう朝だ。初仕事の日。

新人非常勤英語教師、小島裕治。

僕はネクタイが締められない、ベルトが締められない、スーツを着るときは人の手を借りなければいけない。今までは両親や友人が側にいてくれたから、頼めばいつでも手伝ってくれた。トイレに行くときも、気軽に行くことができた。でも、仕事となると、いつでもどこでも僕のわがままを聞いてくれ、助けてくれる人がいるわけではない。だから、自分で着《ちゃく》脱《だつ》ができる服でないとダメだ。だからと言って、いきなりジャージ姿では新人らしくない。きれいめなシャツに、ベルトの代わりに黒いゴムを通したスラックス、ジャケット、そして革靴《かわぐつ》を合わせて学校に行くことにした。

「僕はベルトがつけられないので、シャツはズボンの外に出さざるを得ないんですが、生徒に『だらしない』と思われないですかね？」

校長先生に事前に相談した。

「なぜシャツを出しているのか、その正当な理由を言えば、生徒もわかってくれますよ」

ほかの先生とまったく同じ格好はできないし、少しくだけた格好だけど、これも個性の一部だ。

一時間目まで、残り一〇分。職員室で、授業が始まるのを今か今かと緊張した気持ちで待っていた。一分一秒がとてつもなく長く感じた。

そんなとき、教頭先生が僕の席に来てくださり、こんなことを言った。

「小島先生。実は昨日の会議で、先生には一ヵ月間、この学校に慣れてもらうために、加藤先生と一緒に授業をしてもらうことになりました」

この一週間、準備してきたことはなんだったんだ……でも、名前もまだ覚えられていない生徒相手に、しかも初めて教壇に立つため、それはかえって好都合だった。

初めての授業、初めての顔合わせ、初めての自己紹介。そして、念願《ねんがん》だった教壇に立てる。加藤先生に紹介されて、僕は生徒に英語で自己紹介を始めた。

「Hello everyone！ Nice to meet you. My name is Yuji Kojima. I like to listen to music and watch movies. I like Mr. Children. My favorite movie is Back To the Future.」

（こんにちは、みなさん。はじめまして。私の名前は小島裕治と言います。音楽を聴くことや映画を見ることが好きです。ミスチルが好きです。好きな映画は『バック・トゥ・ザ・フューチャー』です）

簡単に、シンプルに。英語の後、理解できなかった生徒のために日本語でも紹介した。緊張して、一人一人の顔をじっくり見ることができなかった。だけど、胸が一杯になった。「教師としての第一歩を歩み出したぞ」

「この塾では君を雇うことはできない。しかし、君が教師になることは応援するよ」……僕を雇ってくれなかった、あの塾長の言葉を思い出した。悔しかったけど、その言葉を聞いて「絶対に教師になってやる！」という気持ちをたかぶらせた。でも、気持ちとは裏腹に、受けた採用試験にはことごとく落とされて、本当に投げ出そう、あきらめようと思ったことが数え切れないくらいあった。夢につながるロープを何度も手放そうかと思ったけど、放せなかった。いや、離れなかったんだ。思いは、身体に、しっかりとつながっていたから。

ずっと思い描いていた夢が現実になった。「夢は見るものではなく、叶えるもの」。あきらめたら、そこで終わりなんだ。

季節は春。教室の窓から見える校庭の桜が、満開に咲いていた。

三度目の正直の採用試験

「手がないことは、採用試験の障害になっているに違いない。だけど、今まで経験してきたことを最大限にアピールすれば、合格だって夢じゃないはず」

気持ちは今までとずいぶん違っていた。過去二度の試験では、一次試験で惨敗《ざんぱい》。筆記ができていなかったのは、僕の勉強不足だった。しかし、面接試験でも評価が悪かったのは、僕の話した内容や、内面からくる自信のなさが影響していたと思った。

「教師として、教壇に立って教える自信がない」

今までの僕はそうであった。でも、今年は明らかに違っていた。しっかりと、この足で教室の床を踏みしめ、生徒を前に授業をしていた。

「今年こそは……絶対受かってやるぞ！」

合格したい気持ちは今までで一番強い。しかし、今までで一番苦しい受験勉強だった。学校の授業や授業の準備を抱えており、その合間を見つけての勉強は、絶対的な時間数が取れなくて厳しかった。夜遅くまで勉強したら、次の日の授業に支障をきたす。かと言って、授業の準備をおろそかにして、勉強時間を増やすなんてことは絶対にしたくはなかった。

計画を立てて、コツコツ毎日数十分でも時間を見つけて、勉強をした。面接試験用のノートも作って、面接官に聞かれそうな質問と自分の答えを書いていった。

そして七月。採用試験のある月。本命は愛知県だったが、試験慣れしておきたくて、愛知の試験より前にある神奈川の採用試験も受験した。出来はまずまずだったはずだが、神奈川は不合格。愛知に照準《しょうじゅん》を絞って、試験に挑んだ。

七月二一日。試験当日。自分が計画していた半分も勉強できない状態での受験だった。まだ不十分。でも、どれだけ勉強しても、物足りなさは残る。根拠《こんきょ》のない自信を持って受けるだけ。深呼吸をして、家を出た。

天気はあいにくの雨。そういえば、去年の試験日もやっぱり雨だった。思い出してしまった。去年の試験当日にあった、いやなこと。

一年前の試験当日の朝。少し早めに試験会場に着いた。僕の場合、試験を受けるときは必ず特別な机と椅子を持参し、別室受験をした。係りの人に机と椅子を運んでもらって、一息ついたところで、急にお腹が痛くなってしまった。自分でズボンとパンツを上げ下げする道具を持って、トイレに駆け込んだ。

「ふぅ。助かった」

そう思った瞬間、靴下が水でずぶ濡れになってしまっていることに気づいた。トイレの床が水びたしだったのである。それだけではなかった。下げていたズボンも濡れてしまっていた。早くズボンを上げようにも、履き慣れていないスーツのズボンは思うように上がってくれなかった。汗が次から次へとしたたり落ちた。しかたないからトイレの入り口まで行って、係りの人に呼びかけた。だけど、ほかの受験者の応対で、僕の声が届かなかった。汗だくになりながら、自力でズボンを上げた。

体力と気力を使い果たした。これから試験を受けるほどの気力は、まったくなかった。気持ちを切り替えようと努力したが、努力ではなんともならなかった。試験の結果は、もちろん、不合格。


そんな過去の失敗を、雨を見て思い出した。

「今年は、絶対に係りの人にトイレを手伝ってもらおう」

そして、とても落ち着いた気持ちで試験を受けることができた。何問か難しくて解けそうにない問題もあった。

「できない問題ではなく、できる問題に目を向けろ」

「手がなくて自分にできないことを考えるのではなく、手がなくても、自分にできることに目を向けろ」

気持ちはいつもよりポジティブ、そして悔いの残らない出来だった。

午後の面接試験。午前の試験の疲れを癒《いや》す間もなく、すぐの試験だった。およそ二〇分の面接は、あっという間に終わった。やるだけのことはやった。後悔はなかった。

一次試験が終わって二週間後。自宅に愛知県の教育委員会から封筒が届いた。今まで二回の試験では、二度ともここで落ちた。「二度あることは三度ある」とも言う。だけど、「三度目の正直」という諺《ことわざ》だってある。

気持ちを新たにして、思い切って封を切った。目に飛び込んできた結果は、

合　格

努力が報《むく》われた瞬間だった。初めて目にする、三文字から二文字に減ったこの言葉。

この結果を手に入れるまで、僕自身、実は合格できることをあきらめていた。

「障がいを抱えていることが〝障害〟になって、合格することは無理なんじゃないか」

それでも、あきらめずに何度も挑戦したのは、そんな自分の考えを否定したかったから。

「障がいがあろうがなかろうが関係ない。努力は報われなきゃいけない」

ここまできたからには、なんとしてでも二次試験も合格したい。二次まで二週間、がむしゃらに勉強を始めた。

二次試験当日一日目。家の外に出ると、汗がとめどなく体中から出てきた。拭いても拭いても、止まらない。試験会場は公立の学校だったからエアコンなんてついていない。午前はクレペリン試験、筆記試験と論作文。時折、額の汗のしずくが答案用紙に落ちて、紙がフニャフニャになるぐらい暑く、身体的にも、そして精神的にもつらい状況で試験を受けた。試験の出来については一切振り返らず、一つ一つの問題に真正面から立ち向かった。今の結果が、今の僕の実力。それを全面に発揮するだけ。ほかの受験者をライバルなどとはまったく考えていなかった。もしお互いが合格すれば、同僚《どうりょう》になるわけだ。「一緒に頑張ろう！」という気持ちだった。一番の敵、それは自分自身だから。

午前の筆記試験は無事終了した。やるだけやった。後悔はなかった。昼食をとって、午後の英語の面接試験の待合室に行き、順番を待った。教室の一番隅っこの背に座ってまわりを見回した。二十数名いた受験生すべて、問題集を開いて勉強していたり、耳にイヤホンをしてリスニング対策をしていた。僕はというと、二次試験受験が初めてだったこともあり、まったく対策をしておらず、手元には何もなく、暑さに耐え、英語で独り言を言いながら待った。

一時間以上教室で待たされて、面接に呼ばれた。あまりの暑さに頭が回らず、気がついたら面接試験は終わっていた。暑さに負けた。そんな試験結果だった。


試験二日目。驚くべきことに、試験会場が四月から働き始めた職場だったこともあり、なんとなくリラックスして試験を受けることができた。集団面接と個人面接。

午前中の三時間くらいかけて試験は終わった。緊張しすぎて、面接官の質問にうまく答えられず、焦ってしまった場面もあったが、すべて終わってしまったのだ。結果はどうあれ、やるだけのことはやった。後悔がなかったとは言い切れないが、精一杯の僕の教育に対する気持ちは伝わったに違いない。今は、そう思って結果を待つだけ。不合格でも、来年がある。


そして一〇月三日。運命の日。教員採用試験結果発表の日。

まったく受かる自信はなかった。でも、僕の心は冷静だった。何度だって挑戦できる。挑戦してやる。

その日の午前中は授業があった。試験結果のことはまったく頭になかった。授業が終わって職員室に戻ると、英語の黒柳先生に、

「今日どうだった？」と心配そうな顔で聞かれたため、すかさず、「（試験結果は）インターネットで結果が見れるんですけど……」と返事をしたものの、黒柳先生は、

「（最近4階の教室に出没する）スズメバチ、おった？」

と言葉を続けた。そっちかい！　力が緩む。

家に帰って、早速インターネットをつなげ、結果を見た。画面に五桁の数字が並んだ。気持ちが引き締まる。上から順番に数字を確認していく。僕の受験番号は20006番。落ち着け、落ち着け……。

「19994、20009、20034……」

ない。番号がなかった。やっぱり。でも、後悔はしていなかった。今年は自分の中でやれるだけやった自信があったから。ん？　でも待てよ。もっと画面を大きくして確認してみよう。今度は左から右の順番で。

「19994、19999、20003、20006……」

あれ？　番号がある？　え？？？　ウソ？？？？

何度も何度も確かめる。まだ信じられなかった。廊下を通りがかった妹に声をかける。

「俺さ、受かったっぽいんだけど」

妹はまじまじとパソコンの画面を見て、言った。

「あ、兄ちゃん受かってるじゃん！」

それでも、信じられなかった。ポストに行ったら封筒があった。ドクドクと高鳴る心臓。思い切って封筒を切る。そこに飛び込んできた二文字の漢字は、まさしく、僕が長年待ち焦《こ》がれていた言葉だった。

合格

それでも、夢を見ているようで、実感がなかった。バイト先で知り合った大親友の友達のサキちゃん（彼女ではない！）に電話して報告をした。サキちゃんは、泣いて喜んでくれた。

「裕治は頑張ってたもんね。すっごく頑張ってたもんね」

嬉しくて泣けた。僕の頑張りをいつも見ていてくれた人がいたんだ。今でもなんだか信じられない。やっとスタート地点。夢をあきらめなくて良かった。

僕はようやく、胸を張ってこう言えるんだ。

「はじめまして。小島裕治です。両腕はありませんが、教師をやってます」

非常勤、最後の授業

働き出して一〇ヵ月が経った。

最近、生徒が教室に入ってくるなり必ず言うセリフがこれだ。

「先生寒い！　ヒーターつけていい？　ていうか、今つけた」

ある女子生徒がヒーターの赤いボタンを押した。グググググとヒーターが動き出す。

「おい！　待てい！　ヒーターをつけていいかどうかの権限《けんげん》は先生にある！」

怒った顔をするも、生徒は「へへへ」と笑って返してきた。まあいいか。


二〇〇八年二月下旬。中学三年生は、私立高校の受験を終え、これから公立高校の試験が始まる。毎時間カリカリとしっかりと授業を受ける生徒たち……というわけでもなく、進路が決まった生徒は好き勝手に自由に遊んでいたりした。叱っても、注意しても聞かない。僕の力ではどうしようもできないのか？　今こそ、気合いを入れて何かを伝えたかった。

あるクラスの最後の授業。教科書は残り二ページを残すのみとなっていた。最後まで教えるべきか……それとも……。

最初から決断はできていた。最後の授業で伝えたいことがあった。

「あと二ページ残っているんだけどさ、最後まで授業を受けたい人、どれくらいいる？」

教室は静まり返った。誰も手を挙げない。

「じゃあ、授業やりたくない人はどれくらいいる？」

授業中もこれくらい手が挙がったら、こっちとしてもやりがいがあるのに。一八人の生徒の内、半数以上が手を挙げた。思った通りだった。最後のページは、英文の日本語訳を印刷して渡した。そして、僕は話し始めようとした。だけど、なぜか身体が動かない、声が出ない。

「先生、何やるの？　映画でも観るの？　ねえ、映画観ようよ！」

僕はゆっくりと首を横に振り、自分の話を始めた。

「先生は四歳のときに両腕をなくしました。それから二十年以上、両腕のない生活をしてきました。つらいこともたくさん経験してきたけど、夢を叶えるために、今まで努力し続けてきた」

生徒は、僕のほうをじっと見て、話を聞いている。しかし、中には下を向いて数学の問題を解いている子もいた。

「おい、先生が今、一生懸命話をしてるのに、何してるの？」

「先生、聞いているから続き話してよ」

怒っている時間がもったいない。話を続けた。

「先生は、先生になることをあきらめようとしたことがある。愛知県の教員採用試験に二度も不合格。一次試験すら、通らない。私立の高校の採用試験も五校くらい受けたけど、まったくダメ。無理だ。ほかの仕事を探そう。何度も思った。けど、ある本に出会った。山崎拓《やまざきたく》巳《み》さんという人の本だ」

僕は、白いチョークを右足に持ち、黒板に大きくこう書いた。

成功

「成功の反対は、失敗。当たり前だな。国語のテストで出たら、そう書け。でもな、人生じゃあ、そうじゃない。山崎さんの本にこんなことが書いてあった。なんて書いてあったと思う?」

成功 ⟷ 何もしない

「先生は、なかなか夢が叶えられない。悔しい思いをすごくした。あきらめようとしていた。でも、成功するために人一倍、いや、何十倍も努力をしてきた。だけど認められない。でも、この言葉に出会って、『僕は何もしてないわけじゃない。やれるだけのことは精一杯やっている。失敗を繰り返しているけど、きっと、この失敗は、成功に続いているはず』と思って、突き進んできた。それで、去年、やっとその芽が開いた」

熱を込めて話したせいで、額に汗をかいた。タオルで汗を拭いて、また話し始めた。

「みんなも、これから夢や目標を持ったときに、失敗を恐れないで欲しい。成功はね、失敗の向こう側にあるんだから。決して反対側にはないからね。コツコツと、毎日努力を積み重ねて欲しい」

いつもガヤガヤしているクラスが、その日は気持ち悪いくらいに静まり返っていた。時計を見る。四時間目があと五分で終わる。あと一言、話しておきたいことがあった。

「みんな、最後に一つだけ大切なことを伝えたいんだ。みんな、自分の両手を開いてごらん、それをじっと見ながら聞いて欲しい」

少し戸惑いながらも、生徒たちは自分たちの両手を開いて、じっと見始めた。

「みんなには健康な両手がある。だけど世界ではその両手を」

　また声が出なくなった。喉が締めつけられているようで、目をぎゅっとつぶるしかない。大事な言葉が出てこない。

「両手を使ってさ、人を殺したり、」

　黒板の前に立っている僕は、突然、生徒の顔を見られなくなってしまった。

「あかん、あかん、泣いたらあかん」

　必死に泣くのをこらえた。生徒は、じっと待っていてくれた。

「人をいじめたりする事件がたくさん起きている。みんな、もし、今まで、その両手を、人を傷つけるために使ってしまっていたら、今日からでいい。人のために使ってください。その手を、」

　もう声にならなかった。涙で、生徒の顔もぼやける。ある生徒が言った。

「先生、泣いちゃいなよ。我慢しちゃあいかんよ。涙だもん」

「そうだな。涙は止められないもんな。出ちゃうんだもんな」


　今まで思い描いていたことが現実になった。絶対最後の授業ではこの話をするんだ。

　でも、まずは教師にならなければいけない。いろいろな困難を乗り越え、今、目の前に、その思い描いていた現実があった。そのことが、僕の胸を締めつけた。涙が止まらない。

「いいか！　みんなの両手は、人を傷つけたり、不幸にするためにじゃなく、困っている人のため、そして、自分の夢を叶えるために使って欲しい。以上」

こうして、僕の最後の授業は終わった。教室を後にする生徒の姿はいつもと変わらなかった。僕の言葉は彼らに伝わったのか。うん、きっと伝わっているはず。

教室の窓からは、さっきまでの雨が嘘のように止んでいた。一年間続いた授業が終わった。どこか少しほっとして、肩の力が抜けた。

「この教室で一年間教えてきたんだ。あっという間だったな。教師としてはまだまだだけど、素晴らしい一年間だったたな」

なんだか自分が誇らしく思えた。やっと、少しずつ、自分に自信がついてきたんだ。

講演会を聞いた方々の感想より（一部抜粋）

私より不自由なのに、私より努力してチャレンジしているところがすごいと思った。**自分には手があるのだからもっと努力してチャレンジしたい**と思った。（小学生）

水泳、ホノルルマラソン、留学、一人旅など障がいを持っていていてもいろいろなことに挑戦している小島さんの話を聞いて勇気づけられました。**「挑戦しないで後悔するより、挑戦して後悔した方がいい」**という言葉が本当に心に残りました。（中学生）

足でマイクを持ったり、紙をめくったり、またマイクを持ったり……とてもびっくりしましたが、これは小島さんの努力の積み重ねだと感じました。僕も**嫌なことから逃げないで**努力しなければいけないと思いました。（中学生）

「自分の手は不幸にするためではなく、人を幸せにするために使って下さい」という言葉が私の心にすごく響きました。**私でも何かできるかなって可能性が見えた気がします。**私にできることを頑張りたいと思いました。

（高校生）

ヘレン・ケラーの**「障がいは不便であるが不幸ではない」**という言葉をより深く感じることができたお話でした。

（専門学校生）

我々おばさんにも**「やればできる！」**の勇気を与えてくれてありがとう。これからも彼の笑顔を一人でも多くの人に与えて欲しい。そして私もこれから良いことに「手」を使おうと思った。

（一般）

あなたの足はその**無限ともいえる可能性**を引き出しています。その可能性を信じて前に進んでください。

（高校教師）

おわりに

「もし、神様が小島さんに『手をあげるよ』と言ったら、小島さんは手が欲しいですか?」

ある小学校で講演したときに、四年生の女の子が僕にそんな質問をした。

もう何十回も講演会をしているが、初めてされた質問だった。正直に言って、少々面食らった。そんなこと、今まで考えたことがなかったから。もし手があったら……いろんなことを考えてしまった。

もし手があれば、もっと楽に、楽しく生きてこられただろうし、人に傷つけられることだってもっと少なくて済んだだろうし、自転車に乗ったり、格闘ゲームで友達を負かしたり、スポーツで活躍して、女の子にもてたかもしれない。それよりも何よりも、全然違う人格になっていたのではないだろうか……。だけど、そんなことはただの妄想《もうそう》で、すぐに消し飛んだ。手がなかったことで、いろんな経験ができた。だから、僕は、正直にこう答えた。

「手がなかったことで、今こうしてみんなに出会えて、自分の話をする機会ができた。こんな経験は手があったら絶対にできなかったこと。だから、手がなくなって良かったと思っている。たくさん傷ついたけど、その分、弱い立場の人のつらさや悲しみを理解できた。もし神様が手をくれたとしても、僕は受け取りません。今の人生がものすごく楽しいから。手があったら、僕のまわりの人に感謝の気持ちを持てなくなるから。手はいりません」

でも、もしも今同じ質問をされたら、ＹＥＳと答えるだろう。

やっぱり、手がなかったことは、とても、とても、言葉には表せないくらいつらいことが多すぎた。できないことが多い。体育の授業はいつも見ているだけ。自転車に乗れないから、いつも走らなきゃいけなかったし、雨の日に傘を差して学校に行くのがどれだけ疲れて、大変だったか。高校時代は、傘を差してもらおうと通行人に頼んでも、無視されるし。山登りにも参加できなかった。大学受験はいつも父親の付き添いで、別室受験。行きたいときにトイレにも行けない。ベルトはつけられない、おしゃれも限定される。洋服屋のおやじには怒鳴られるし、人にはジロジロ見られるし、子どもには袖を引っ張られたり、縛られたり。思い出したくないことばかり。つらかったことばかり。

今、毎日を楽しく、有意義《ゆうぃぎ》に暮らせているのは、すべてを受け入れたから。よく人に、

「障がいを乗り越えられて、すごいですね」

と言われるが、「乗り越える」なんてことは決してないんだ。

もし、障がいを乗り越えられていたら、僕には不便なことが一つもなくなっているはず。手が生《は》えてこない限り、「手がない」という障がいは乗り越えられない。

してしまったことを後悔する。なくしてしまった物についてウジウジと考え続ける。僕自身、よく後悔をしてきたし、ウジウジといつまでも悩んで苦しい思いをしてきた。

でも、考え方を変えたら、とても生きやすくなった。

「過ぎた日のことはクヨクヨ考えない。なくしたものはしょうがない。今あるもので、我慢しよう」

僕には手がない。

でも、僕を助けてくれる手は、まわりにたくさんある。

そのことに気づいたとき、とても楽になった。

「僕は僕のままでいいんだ。変わる必要は決してないんだ」

決して僕は、強い人間なんかじゃない。積極的な人間なんかじゃない。ただ、たくさんのことをあきらめてきたから、あきらめることに慣れただけなんだ。その中で、教師になる夢だけは叶えたかった。これだけはあきらめきれなかった。なぜだろう。一番つらかった中学校・高校時代の思い出を、塗り替えたかったから。自分と同じ思いを生徒にはさせたくないから。弱い子の、悩んでいる子の立場を理解して、支え、励ましたいから。

そして今、自分が生まれ育った愛知県西尾市の中学校で正規教諭として働いている。朝七時過ぎから陸上部の顧問として指導し、一年生三クラスの授業をし、授業の合間には行事の資料をパソコンで何時間もかけて作っていると、一日の授業が終わる。放課後、再び部活指導をして、終わると午後六時過ぎ。その後は職員会議に学年会議。やっと自由な時間ができたと思ったら、明日の授業の準備をし、生徒の提出物に丸をつけて……。家に帰ると九時過ぎ。仕事にまみれて暮らす毎日。弱音を吐きそうになるけど、理想と現実のギャップに苦しくなるときもあるけど、つらくはない。夢が叶うかどうか不安だったあの頃と比べたら、昔と比べたら、今が断然幸せだ。夢を叶えたという『自信』があるから。

両腕はない。だけど、この両足で夢をつかんだんだ。

やっと教師としてのスタートラインに立った。これから何が起きるのかわからない。だけど、これからも、こう自分に言い聞かせるだろう。

Let It Be！
なんとかなるさ。

2008年　夏　小島裕治

前略 小島裕治様へ

ボクは小島さんの生き方に

感動しました。心がギューッと

なりました。

小島さんの言葉は

心に届くんです。You can fly.

"自分の殻をぶち破れ！馬鹿になれ！"と

言われ行動にうつす姿……

いっしょにぶち破った気分に

なりました。前例がないなら

作ればいい。

小島さんの心の手がボクたちの心に

とどきました。ありがとう!!

山崎拓巳

わがままな僕をここまで育ててくれた両親
感謝してもしきれない気持ちで一杯です。
本当にありがとう。

一緒に成長してきた兄、妹、弟
みんながいたから頑張って来られました。
本当にありがとう。

一緒に遊んで、ときに僕の悩みを聞いてくれた友人たち
今自分がここにいるのはみんなのおかげです。
本当にありがとう。

そして最後に
どこかで出会って、
困っていた僕に手を差し伸べてくれた多くの人たち
みなさんのおかげで、僕は毎日楽しく暮らしています。
本当にありがとう。

足でつかむ夢　―手のない僕が教師になるまで―

2008年10月1日　初版第一刷発行

著　者　小島裕治

企画協力　西尾市立西尾中学校　伊澤光二校長
西尾市立西尾中学校の皆さん

Special Thanks　山﨑拓巳さん

ブックデザイン　小島トシノブ（Non design）
撮　影　JOHN LEE　：カラー写真すべて
本文デザイン・DTP　明昌堂
編　集　小宮亜里　藤本淳子　下村千秋

発行者　木谷仁哉
発行所　株式会社ブックマン社
〒101-0065　千代田区西神田3-3-5
TEL　03-3237-7777　FAX 03-5226-9599
http://www.bookman.co.jp

ISBN 978-4-89308-694-5

印刷・製本　図書印刷株式会社

定価はカバーに表示してあります。乱丁・落丁本はお取替えいたします。